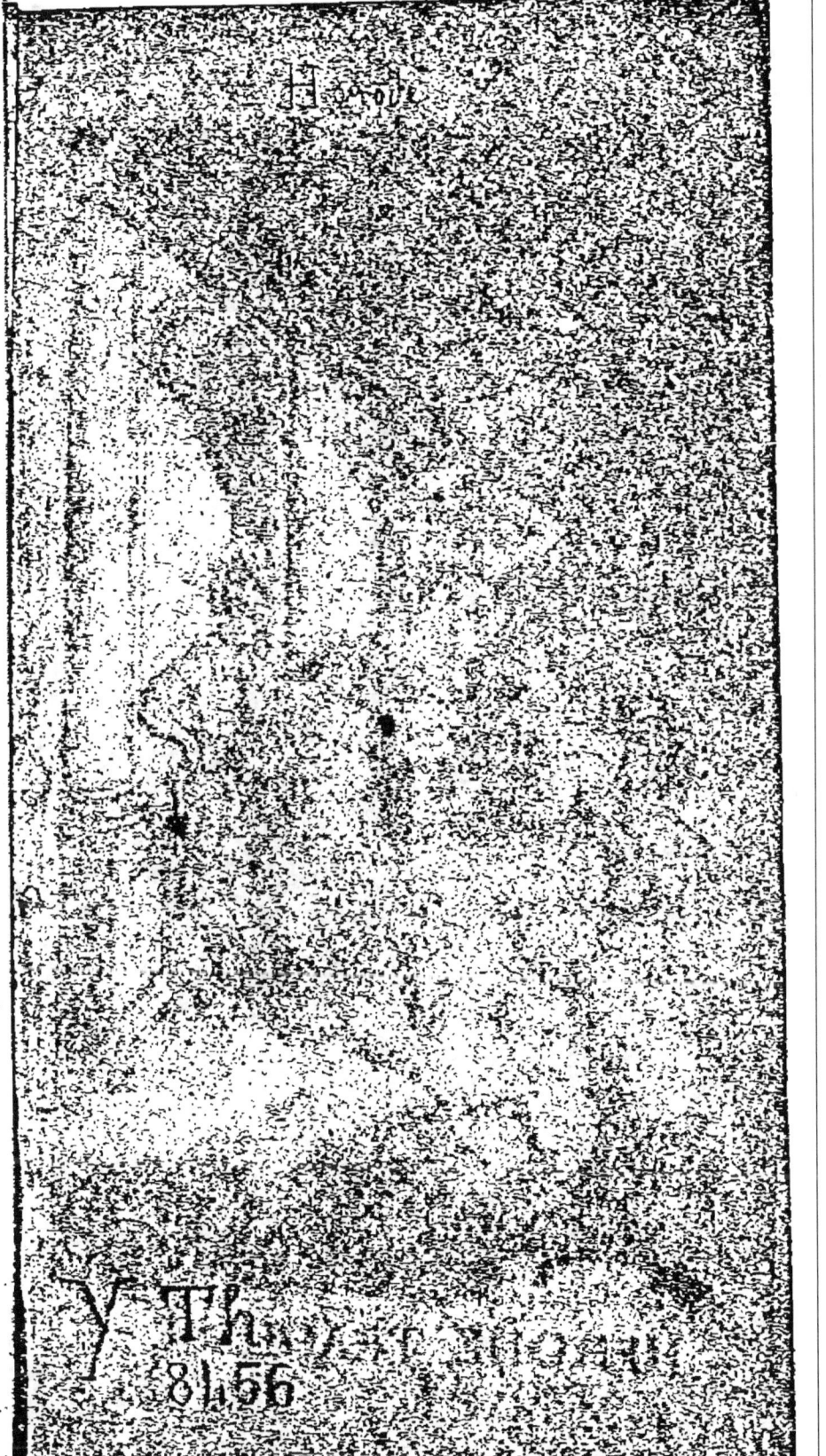

HERODE TRAGEDIE

H. Roussel inv.   L. Desplace sculp.

HERODE.

TRAGEDIE NOUVELLE.

Par M. l'Abbé NADAL, de l'Académie
Royale des Médailles & Inscriptions.

Le prix est de vingt sols.

LA PARIS,

Chez PIERRE RIBOU, Quay des
Augustins, à la descente du Pont-Neuf,
à l'Image S. Loüis.

M. DCC. IX.

Avec Approbation, & Privilege du Roy.

A MONSEIGNEUR

MONSEIGNEUR

LE DUC D'AUMONT,

PAIR DE FRANCE,

PREMIER GENTILHOMME DE LA
Chambre du Roy, Gouverneur de Boulogne
& du Païs Boullonnois, &c.

ONSEIGNEUR,

Vous m'avez permis de vous dédier la
Tragédie d'Hérode ; mais en même temps

ã ij

EPISTRE.

vous avez souhaité que je supprimasse tous ces éloges, dont la flaterie peut-être a gâté l'usage. Je croi pouvoir vous obéïr, sans garder tout le silence que vous exigez de moi. Il y a des qualitez, MONSEIGNEUR, sur lesquelles la modestie n'a point de droit : Telles sont les vertus de la société, que vous avez poussées à leur degré de perfection. Ce n'est pas vous loüer non plus, que de relever l'éclat & l'antiquité de vôtre nom : il y a un certain point de gloire & de grandeur au dessus de toutes les loüanges ; & je ne pourrois que saisir ici cette conformité de vos qualitez avec celles de tous les grands Hommes de vôtre Maison, qui depuis les temps les plus reculez ont été revêtus des premieres Dignitez de l'Etat, parez de tous les Titres les plus brillans, que la subordination a établis, & honorez de la confiance & de l'amitié de nos Rois. Qu'il est beau, dans le rang où la Providence vous a placé, de se ramener, comme vous faites, aux plus legeres bienséances de la vie ; de réünir avec tous les sentimens d'une ame élevée, cette bonté, cette générosité, cette onction ; qui est bien moins l'effet d'une politesse recherchée, que d'un fonds de vertus qui vous attache à tous les devoirs de l'humanité. Avec de telles qualitez, MONSEIGNEUR, les Grands ne perdent rien à être vûs de prés ; on leur rend avec plaisir ce tribut de respect & de considéra-

tion qui nous est imposé; on fait plus, on les
aime. Pour moi, MONSEIGNEUR, de-
puis que vous m'avez donné la plus sensible
& la plus glorieuse marque de vôtre estime,
en m'attachant à vôtre personne, j'ai senti
qu'on devenoit encore plus honnête homme en
vous approchant. J'ai trouvé en vous des
principes & des maximes, qui passent de bien
loin les idées ordinaires de l'honneur & de la
vertu. J'y ai trouvé un exemple sensible de
ces grands sentimens que nous mettons sur la
scene avec confiance. Quel heureux mélange
tout cela ne fit-il point avec le goût par-
fait qui est en vous pour toutes les beau-
tez & tous les mysteres de l'art dans toutes
les especes de productions. Si la Tragédie,
MONSEIGNEUR, passe pour le chef d'œuvre de l'esprit humain, avec quelle admira-
tion ne devons-nous point regarder ce coup
d'esprit & d'intelligence, si j'ose ainsi parler, que vous possédez souverainement, qui
enleve toute la conduite d'un ouvrage, qui
en saisit les rapports & les liaisons, qui suit
les caracteres, & cherche cette unité que forment tous les incidens que l'art y a prepa-
rez? C'est ce que j'ai utilement éprouvé aux
lectures que j'ai eu l'honneur de vous faire
d'Hérode. Oüi, MONSEIGNEUR, vous
lui deviez une protection particuliere; vous
êtes naturellement engagé à soûtenir une
Piece qui est faite pour l'esprit & pour le

EPISTRE.

raifon, & où l'on met à la place des vains fentimens d'une imagination frivole, les images & les inftructions terribles qui forment le but & le principal objet de la Tragédie. La maniere vive & généreufe avec laquelle vous en avez appuyé la repréfentation, fuffiroit pour m'obliger à vous la confacrer : Mais la reconnoiffance eft ici de trop ; vôtre merite perfonnel, dépouillé de tout ce qui vous environne, me détermine tout feul à vous rendre ce témoignage public du refpect avec lequel je fuis,

MONSEIGNEUR,

Vôtre tres-humble & tres-
obéiffant ferviteur,
NADAL.

PREFACE.

CE n'est pas seulement pour ne point bleffer les bienféances de mon état, que je m'attache aux sujets que l'Hiftoire Sainte & l'Ecriture nous fourniffent ; la dignité de ces mêmes fujets & leur nouveauté eft une des raifons principales qui m'engagent à les traiter. J'ai regardé la mort des enfans d'Hérode comme une action propre pour la fcène. La nature, l'amour, l'ambition, la jaloufie de l'autorité, tout eft de la partie, & entre dans les mouvemens que j'ai tâché d'exprimer. Quelque fcrupuleux que l'on doive être fur la verité des évenemens, furtout dans ce qui regarde une hiftoire confacrée par la Religion, on doit encore s'attacher plus particuliérement à rendre les caractéres & à ramener à ce point tous les incidens. J'ai crû avoir mis fur la Scéne Hérode & Salome avec tous les traits qui pouvoient les faire reconnpître. J'ai donné à Salome un objet & des vûës, qui à la verité n'empêchent point qu'elle ne foit odieufe, mais qui donnent à fon crime je ne fçai quel éclat qui ne laiffe

pas de trouver des admirateurs. Josephe
nous parle de ses intelligences avec Silléüs. Aristobule, dit-il, lui avoit mandé
que le Roi la vouloit faire mourir, sur
ce qu'on lui avoit rapporté que sa passion
pour Silléüs, qu'Hérode regardoit comme son ennemi, lui faisoit secretement
donner avis à cet Arabe de tout ce qu'elle
sçavoit de ses projets. Je n'ai point parlé
d'Aristobule fils d'Hérode ; soit que j'aye
appréhendé qu'on ne le confondît avec
Aristobule frere de Mariamne, & Prince
d'une grande espérance, qu'Hérode avoit
fait noyer ; soit que ne pouvant le regarder que dans les mêmes intérêts & dans la
même situation qu'Aléxandre son frere aî-
né, je craignisse de multiplier les mêmes caracteres. Josephe m'a fourni l'idée de Thirron : tout ce que j'ai fait a été d'en élever
le caractere, & de charger les remon-
trances qu'il fit à Hérode. C'est un mor-
ceau tout neuf sur le Théatre, dont tout le
monde a été également frapé ; ce qui est
une preuve sensible qu'il y a dans le fond
du cœur humain un respect pour la vertu
à l'épreuve de tout.

APPROBATION.

J'Ai lû par l'ordre de Monseigneur le Chancelier, *Hérode, Tragédie*, & j'ai crû que l'impreſſion juſtifieroit tous des applaudiſſemens que le Public a donnez aux Repréſentations. Fait à Paris ce 10. Février 1707.

Signé, DANCHET.

PRIVILEGE DU ROY.

LOUIS par la grace de Dieu Roy de France & de Navarre : A nos amez & féaux Conſeillers les Gens tenans nos Cours de Parlement, Maîtres des Requêtes ordinaires de nôtre Hôtel, Grand Conſeil, Prevôt de Paris, Baillifs, Sénéchaux, leurs Lieutenans Civils, & autres nos Juſticiers qu'il appartiendra, Salut. Nôtre bien-amé le Sieur NADAL Nous a fait expoſer qu'il a depuis peu compoſé une Piece de Théatre qui a pour titre, *La Tragédie d'Hérode*, qu'il deſireroit donner au Public, avec celle de Saül, & pluſieurs autres ouvrages de Poëſie & de Proſe, auſſi de ſa compoſition : Pourquoi il nous en a tres-humblement requis nos Letres de Privilége ſur ce néceſſaires. A ces cauſes Nous avons permis & permettons par ces Préſentes audit Sieur Nadal de faire imprimer & vendre leſdits ouvrages de ſa compoſition par tout nôtre Royaume, en telle forme, marge, caractere, & autant de fois que bon lui ſemblera, pendant le temps de huit années conſécutives, à compter du jour & date des Préſentes. Faiſons défenſes à tous Imprimeurs, Libraires, & autres perſonnes de quelque qualité & condition qu'elles ſoient, d'imprimer, faire imprimer, contrefaire, vendre ni débiter ledit Livre, sous quelque prétexte que ce puisse être, même d'impression étrangère, sans le consentement par écrit dudit Sieur Nadal ou de ses ayans cause, à peine de confiscation des exemplaires contrefaits, de mil livres d'amende contre chacun des contrevenans, dont un tiers à Nous, un tiers à l'Hôtel-Dieu de Paris, & l'autre tiers audit exposant, & de tous dépens, dommages & intérêts : A la charge que ces Présentes seront enregistrées tout au long dans le Régistre de la Communauté des Imprimeurs & Libraires de Paris, & ce dans trois mois de la datte d'icelles; que l'impression dudit Livre sera faite dans nôtre Royaume, & non ailleurs, & ce en bon papier & beau caractere, conformément aux Reglemens de la Librairie; & qu'avant d'exposer ledit Livre en vente, il en sera mis deux exemplaires en nôtre Bibliotèque publique, un en celle de nôtre Château du Louvre, & un en celle de nôtre tres-cher & féal le Sieur Phelypeaux Chevalier Chancelier de France, Commandeur de nos Ordres, le tout à peine de nullité des Présentes : du contenu desquelles vous mandons & enjoignons de faire joüir ledit Sieur Nadal ou ses ayans cause pleinement & paisiblement, sans souffrir qu'il leur soit fait ou donné aucun empêchement. Voulons que la copie des Présentes imprimée tout au long au commencement ou à la fin dudit Livre, soit tenuë pour dûëment signifiée, & qu'aux copies collationnées par l'un de nos amez & féaux Conseillers-Secretaires foi soit ajoûtée comme à l'original. Commandons au premier nôtre Huissier ou Sergent de faire pour l'execution des Présentes tous actes de Justice requis & nécessaires : De ce faire lui donnons pouvoir, sans demander autre permission, nonobstant Clameur de Haro, Charte Normande, & Lettres à ce contraires : Car tel est nôtre plaisir. Donné à Versailles le deuxiéme jour de Mars l'an de grace mil sept cent neuf, & de nôtre Regne le soixante-sixiéme. Signé, Par le Roi en son Conseil, CHAPPUZEAU, & scellé du grand Sceau de Cire jaune.

Et ledit Sieur Nadal a cedé son droit audit Privilége au Sieur Ribou, Libraire à Paris, pour en joüir suivant l'accord fait entr'eux.

Registré sur le Registre n. 2. de la Communauté des Imprimeurs-Libraires de Paris, page 418. n. 806. conformémeut aux Réglemens, & notamment à l'Arrêt du Conseil du 13. Aoust 1703. A Paris ce 11. Mars 1709.
Signé, L. SEVESTRE, Syndic.

ACTEURS.

HERODE, Roi de Judée.

ALEXANDRE, Fils d'Hérode & de Mariamne.

ANTIPATER, Fils d'Hérode, d'un premier lit.

GLAPHIRA, Fille d'Archélaüs, Roi de Cappadoce, accordée à Alexandre.

SALOME, Sœur d'Hérode.

THIRRON, Ministre sous les Régnes précédens.

NARBAL, Confident d'Hérode.

PHILON,
ACHAS, } Juifs.

PHENICE, Confidente de Glaphira.

PHEDIME, Confidente de Salome.

GARDES.

La Scéne est à Solime, autrement Jérusalem, dans le Palais d'Hérode.

HERODE.

HÉRODE.

TRAGEDIE NOUVELLE.

ACTE PREMIER.

SCENE PREMIERE.

SALOME, PHILON.

SALOME.

UY, des desseins qu'enfante un trop
juste courroux
Ma prudence, Philon, se repose sur
vous.
Je vais trouver Hérode : attendez Alé-
xandre :
Vous pourrez lui parler : il voudra vous entendre.
D'un entretien secret ménagez les momens,
Et portez vos regards dans tous ses sentimens :
Il revient ébloüi de la faveur de Rome.
Je vous laisse ; songez que vous servez Salome.

PHILON.

Madame, je feray tout ce que j'ay promis.

A

❋❊❋❊❋❊❋❊❋❊❋❊❋❊❋❊❋

SCENE II.

PHILON *seul*.

PHilon, quels intérêts en tes mains sont remis?
    Poursuis, quoy qu'en secret la pitié te condamne,
Remets à ses destins le fils de Mariamne;
Songe, que ses malheurs te pourroient entraîner,
Et qu'où la faveur regne, elle a droit d'ordonner.
Qu'un vain peuple pour lui s'empresse ou le déplore..

▰▰▰▰▰▰▰▰▰▰▰

SCENE III.

ALEXANDRE, PHILON,

ALEXANDRE.

QUe fait le Roy?
        PHILON.
    Seigneur, on n'entre point encore,
        ALEXANDRE.
Approchez-vous, Philon. Tandis que dans ces lieux
Mon pere se dérobe encore à tous les yeux,
Puis-je, m'ouvrant à vous sans péril & sans crainte,
D'un moment d'entretien bannir toute contrainte?
Et dans le cœur d'Hérode encor mal affermi,
Au milieu de sa Cour, trouveray-je un ami?
        PHILON.
Seigneur, depuis long-temps vous devez me connaître,
Reste de ces Héros dont le Ciel vous fit naître,
L'auriez-vous oublié? De tous les fils du Roi

Celui de Mariamne éprouva seul ma foi.
Combien pour vous, Seigneur, j'ai ressenti d'alar-
   mes,
Depuis le jour fatal où la Judée en larmes
A vû de son supplice élever les apprêts,
Et son sang innocent arroser ce Palais !
De vos accusateurs les complots sanguinaires,
La haine de Salome, & celle de vos freres,
Leur crédit augmenté par vôtre éloignement,
N'ont pû de mon devoir m'écarter un moment.
Mais que dis-je ? Le Ciel vous rend à l'Idumée,
Hérode même aux yeux de Solime charmée
Par quel accüeil, Seigneur, digne de vôtre foi...

ALEXANDRE.

Dois-je me confier aux caresses du Roi ?
Ay-je donc oublié que sa haine couverte
Me conduisit à Rome, y poursuivit ma perte ?
Ou plûtôt sans douleur puis-je m'en souvenir ?
Au fort de Glaphira l'hymen m'alloit unir :
Je l'aimois, tout sembloit flater mon esperance :
Son pere Archélaüs hâtoit cette alliance.
Cependant il falut m'écarter de ces lieux,
Et devorer des pleurs qu'arrachoient nos adieux.
Du Roi dans le chemin les perfides caresses
Cacherent contre moi ses fureurs vangeresses,
J'admirois en secret l'excés de sa bonté :
Mais de quel trouble affreux me trouvay-je agité,
Quand du Peuple Romain obtenant audience,
Il arma contre moi sa funeste eloquence,
M'imputa des forfaits dignes de sa fureur ?
Rome alors, cher Philon, ne put voir sans horreur
Tous les cruels effets de son courroux funeste ;
Un Roi qui de son sang poursuit en moi le reste,
Un pere demandant la tête de son fils,
Et là de ses travaux terminant tout le prix.
Je trouvois, à sa haine opposant un refuge,
Un bourreau dans mon pere, un pere dans mon Juge.
Auguste, le Sénat, tout le Peuple à la fois

Du sang qu'il trahissoit prirent en main les droits,
Et la fureur d'Hérode excitant leur murmure,
Pour moi dans tous les cœurs fit parler la nature.
Malgré tous leurs éforts, tous leurs soins redoublez,
Les amis de Salome en parurent troublez.
Le Roy lui même alors, confus de sa poursuite,
Retourna dans Solime en attendre la suite.
Dans cet état, Philon, toûjours mêlé d'effroi,
Les conseils de Thirron passérent jusqu'à moi.
Il se rendit à Rome : à ses maîtres fidéle,
Sa tendresse égaloit l'ardeur de vôtre zéle,
Sa douleur en tous lieux réveilla mes amis :
De Rome contre Hérode il éleva les cris.
Heureux si secondant le zéle qui l'anime,
Le Ciel me le rendoit avec vous dans Solime !
Mais vous, qui d'une cour sujette aux changemens
Avez part aux conseils, ainsi qu'aux mouvemens,
Ne me déguisez rien, Philon, que vôtre bouche
Me fasse un libre aveu de tout ce qui me touche.
Le Roi, je l'avoürai, m'a reçû dans ses bras
Avec des sentimens que je n'esperois pas.
J'ai trouvé Glaphira de mon retour charmée,
Et s'il se peut encor plus digne d'être aimée :
Mais parmi les transports qu'elle a fait éclater,
Quelque trouble secret sembloît l'inquiéter.
Elle se prête à peine à l'espoir qui m'anime.
Enfin depuis huit jours de retour dans Solime,
Par quels ordres, Philon, par quels motifs secrets
Vois-je de mon hymen reculer les apprêts ?
Et parmi les honneurs que la Cour me défere,
N'ai-je pû qu'en public entretenir mon pére ?

PHILON.

Sans doute il n'a pû voir qu'avec des yeux jaloux
Ce zele que le peuple a temoigné pour vous.
Vôtre retour a fait la publique allegresse :
Moins chéri dans ces lieux vous auriez sa tendresse.
Il craint que dans vos droits vôtre espoir trop flaté
N'arme vôtre courroux justement excité.

Des grands Afmonéens la gloire vit encore,
Et le peuple en effet le hait, & vous adore.

ALEXANDRE.

Ah! fi je le croïois, fi maître de leurs cœurs. . .
Mais comment accorder leur zéle & mes malheurs?
Non, non, je fçais en eux quelle aveugle manie,
Même en la deteftant, nourrit la tirannie.
Je fçai quels font les Juifs : j'allois loin de leurs
    yeux
Peut-être pour jamais me bannir de ces lieux ;
Tromper dans fon courroux la fortune inhumaine;
Chercher un beau trépas : mais l'amour me ramene.
Je laiffois Glaphira parmi mes ennemis ;
Et fon Trône, fa main, fon cœur m'étoient promis.

PHILON.

Le Roi la voit toûjours avec des yeux de pere ;
Il lui croit retrouver les traits de vôtre mere ;
Sa préfence le flatte ; & calmant fon ennui,
Elle peut moins fur vous, qu'elle ne peut fur lui.

ALEXANDRE.

On dit que de ma mort attendant la nouvelle.
Mon frere Antipater fe declaroit pour elle ;
Que Salome, appuyant fes foins auprés du Roi,
Déja lui promettoit fa couronne & fa foi.

PHILON.

Si quelque efpoir, Seigneur, avoit pû les feduire,
Du moins vôtre retour fuffit pour le détruire :
Mais quoiqu'en fin leur haine ait ofé contre vous,
Diffimulez, Seigneur, vôtre jufte courroux.
Ah! fi fans vous parer de tant d'indépendance,
Vous pouviez de Salome éblouïr la prudence ;
Prés d'elle quelque temps effayer la douceur !
Vous connoiffez du Roi cette implacable fœur ;
Du fang de Mariamne en vous l'orgueil la bleffe.

ALEXANDRE.

Qui moi que fans rougir d'une indigne foibleffe,
Je déguife mon cœur & farde mes difcours?
Laiffons-lui, cher Philon, de femblables détours.

Une noble fierté n'admet point de contrainte,
Tel qu'il est, un grand cœur doit se montrer sans
    crainte.
Quoi de tant de Heros j'trois indigne fils
Baiser encor la main qui me les a ravis?
Caresser l'ennemie à me nuire obstinée?
A ma vengeance ici, ma gloire est enchaînée
Philon par l'un & l'autre excité tour à tour,
Peut-être je devrai l'un & l'autre à l'amour.
Non que dans mes malheurs une aveugle colere
Parmi mes ennemis confonde ici mon pere :
Je sçai quel saint respect il a droit d'exiger ;
C'est sa gloire & mon sang que je cherche à vanger
Glaphira me remet les droits d'un Diadême...
Mais quoi l'on ouvre, entrons.

        PHILON.

              Ciel ! Salome elle-même

Déja...

  ❋❋❋❋❋❋❋❋❋❋❋❋❋❋❋❋❋❋❋❋❋❋❋

SCENE IV.

SALOME, ALEXANDRE, PHILON, PHEDIME.

          SALOME.

PRincé, arrêtez, on ne voit point le Roi.
        ALEXANDRE.
Cet ordre, quel qu'il soit, peut-il être pour moi?
        SALOME.
L'ordre est pour tous, Seigneur.
        ALEXANDRE.
            Quoi, Madame, sa veuë
Libre à vous seule ici, me seroit deffenduë?
        SALOME.
Ignorez-vous, Seigneur, quels transports douloureux

Agitent chaque jour ce Prince malheureux?
Ce n'est plus ce Héros que la sagesse inspire,
Que la gloire amena de si loin à l'Empire,
Qu'Antoine à ses destins avoit associé,
Et dont Cesar vainqueur envia l'amitié.
Jugez de quelle horreur sa fortune est suivie;
Aux derniers des humains Hérode porte envie.
De son amour encore à toute heure occupé,
Des plus noires terreurs il est toûjours frappé,
Aprés quinze ans entiers son desespoir redouble;
De la Reine en ces lieux l'image encor le trouble;
Il croit qu'en ce Palais, pour l'accabler d'ennuis,
L'ombre de Mariamne erre toutes les nuits;
Et le suivant partout à travers les ténébres,
Exale sa douleur par mille cris funébres.
Sur tout l'aspect d'un fils retrace ses malheurs,
Et loin de le calmer, irrite ses douleurs.
De ses rigueurs enfin Hérode est la victime.

ALEXANDRE.

Madame, sa douleur n'est que trop légitime;
Et je ne doute point que ses ressentimens
Ne le livrent sans cesse aux plus cruels tourmens.
Mais s'il pleure ma mere, à sa douleur fidéle,
Ne peut-il la chercher dans ce qui reste d'elle;
Mêler ses pleurs aux miens. Ah! loin de m'éviter,
Il est d'autres objets qu'il devroit écarter.

SALOME.

Seigneur, dans une cour à ses vœux asservie,
Ce sont ses seuls regrets qui tourmentent sa vie;
Ses Juifs pour lui de crainte & d'amour prevenus.

ALEXANDRE.

Madame, tous les cœurs ne lui sont pas connûs:
Je ne le voi que trop: mais quoiqu'il en puisse être,
Sans son ordre à ses yeux je croi devoir paroître.
Ne suis-je pas ici dans ces augustes lieux,
Où longtemps de ma mere ont regné les ayeux?
Où rien ne s'offre à moi qui ne me puisse apprendre
Quels sont les droits d'un sang dont ils m'ont vû
descendre?

HERODE.

SALOME.

Je le vois, le courroux dont vous êtes épris
Vous a fait oublier ce qu'ils vous ont appris;
Et loin de moderer...

ALEXANDRE.

Je vous entens, Madame;
Je vois quel souvenir on rapelle à mon ame.
Vous voulez, insultant encore à ma douleur,
Me mettre sous les yeux ma honte & mon malheur.
D'un triomphe cruel je reconnois la trace.
Mais enfin j'envisage un terme à ma disgrace.
De nos Tyrans communs les projets dangereux.
Peut-être quelque jour retomberont sur eux.
Adieu.

SALOME à part.

Va, c'est à toi de craindre ma colére.

SCENE V.

SALOME, PHILON, PHEDIME.

PHILON.

J'Ay de tous ses desseins découuvert le mystére.
Dans ses ressentimens toûjours plus affermi...

SALOME.

Je sçai jusqu'à quel point il est mon ennemi,
Et voi depuis longtemps ce qu'il en faut attendre.
Mon courroux inquiet brûle de vous entendre;
Mais remplissez des soins commis à vôtre foi,
Et volant sur ses pas, suivez-le chez le Roi.
L'éclat de son courroux rend sa perte certaine.

TRAGEDIE.

9

SCENE VI.

SALOME, PHEDIME.

SALOME.

TU t'étonnes, Phédime, & j'entrevoi ta peine.

PHEDIME.

O Ciel ! que faites-vous, Madame, en quelles mains
Osez-vous confier de semblables desseins ?
Tout ce qu'a fait Philon n'a donc pû vous apprendre
Le zele qui l'attache au parti d'Alexandre ?
Les malheurs de la mere, & les perils du fils,
Longtems dans ce Palais ont excité ses cris.

SALOME.

Phedime, connois mieux ces flateurs mercenaires ;
Auprés de nous voilà leurs retours ordinaires.
Inquiets, incertains, leur cœur toûjours floitant
Dans leur legereté n'a qu'un objet constant,
La faveur : elle obtient leurs hommages sinceres ;
Déteftables amis, mais pourtant necessaires,
Tout autre sur leur choix se pourroit abuser ;
Mais tout devient utile à qui sçait en user.
Ardens à nous servir ils se font nos victimes ;
Sur eux la politique a des droits légitimes ;
Souvent dans ses desseins un grand cœur combattu,
Met en œuvre le crime ainsi que la vertu.
Philon m'assure seul la perte d'Alexandre ;
Ce qu'il a fait pour lui m'en laisse tout attendre ;
Phédime, il ne va point me servir à demi.
Un traître va toûjours plus loin qu'un ennemi.

PHEDIME.

Par tant d'évenemens depuis longtemps instruite,
Madame, de vos soins craignez plûtôt la suite :

D'Alexandrie plûtôt recherchez l'amitié :
Ses malheurs ont d'Auguste excité la pitié.
Le peuple le chérit : Que dis-je, Hérode l'aime :
Tout a changé pour lui, changez aussi vous-même ;
Et quand pour lui les vœux se réünissent tous....

SALOME.

Et c'est-là ce qui doit exciter mon courroux,
Phédime. Tu veux donc que ma haine sterile,
Le revoye en ces lieux triomphant & tranquile ?
Tu veux que mon crédit y paroisse abaissé ?
Et quel seroit le prix du sang que j'ai versé ?
J'ai fait mourir son oncle, & j'immolai sa mere.
Que dis-je digne objet d'une juste colére,
D'un vil peuple en ces lieux follement révéré,
Hircan le vieux Hircan vient d'être massacré.
Des Rois Asmônéens Alexandre est le reste.
Quand je n'en craindrois point la vengeance funeste,
Crois tu que le dessein qui m'occupa toûjours
Etonne mon courage, & perisse en son cours ?
Non, non, il faut combler un espoir legitime ;
Justifier ma haine, & joüir de mon crime.
Si j'ai sçû les poursuivre, & ne rien épargner...

PHEDIME.

Et que pretendez-vous, Madame, enfin ?

SALOME.

                        Régner.
Voilà le seul objet & l'espoir qui m'entraine.
Ce n'est que pour cela que j'ai perdu la Reine,
Que j'écartai ses fils ; que d'Hérode à mes yeux
La gloire est importune, & le sang odieux.

PHEDIME.

Et le sang odieux ! mais cependant, Madame,
Vos soins d'Antipater autorisent la flame ;
Et quoique dés long temps liée à d'autres nœuds,
La main de la Princesse est promise à ses vœux.
Quel interêt peut donc vous...

SALOME.

                        Arrête, Phédime.

Son intérêt n'est point ici ce qui m'anime.
Sur ce que je prétens ne vas point t'abuſer,
Ce grand zele pour lui cherche à les diviſer ;
De deux cœurs orgüeilleux j'excite le murmure,
J'oppoſe en mes deſſeins l'amour à la nature ;
J'allume un fier courroux dont j'attens tout le fruit.
Dans leur déſunion l'un & l'autre eſt ſeduit :
Pour moi ſans le ſçavoir contr'eux d'intelligence
L'un travaille à ma gloire, & l'autre à ma vangeance,
Sur eux de mes deſtins je vais me repoſer.
Dans l'eſpoir qui les flate ils pourront tout oſer,
Et je répons enfin ; pour ſervir ma colere,
De l'attentat des fils, & de la main du pere.

PHEDIME.

Et ne craignezvous point que ſon cœur éperdu,
Ne redemande un ſang par ſes mains répandu ?
Et que de tant d'efforts tôt ou tord le ſalaire....

SALOME.

Phédime, contre moi ſi je n'ai que mon frere,
De ſa vangeance alors je préviendray l'ardeur.
Repoſe-toi ſur moi du ſoin de ma grandeur :
Mais ſi je n'ay tenté qu'un effort inutile,
Si le Ciel me trahit, j'ay beſoin d'un azyle ;
Et c'eſt ce que ſur tout j'ay voulu ménager.

PHEDIME.

Quels lieux peuvent vous mettre à l'abri du danger ?

SALOME.

Phédime, tu ſçais bien, ſans que je te le die,
Quels troubles inteſtins déchirent l'Arabie ;
Qu'elle a gemi long-temps, & qu'un fer aſſaſſin
Du dernier de ſes Rois a tranché le deſtin.
Elle demande un maître, & Rome en delibere.
Son choix peut regarder Silleüs, ou mon frere.
Par là le diſtinguant des autres Potentats,
Non contente d'avoir reculé ſes Etats,
Rome pour digne prix des travaux de ſa vie,
A la Judée encore uniroit l'Arabie :
Mais dans tous nos deſſeins l'un à l'autre oppoſez,

Nos plus grands intérêts se trouvent divisez.
Cet ennemi d'Hérode & puissant & funeste,
Ce même Silleüs que Solime déteste,
Qui jusques dans ses murs a répandu l'effroi,
S'il monte sur le Trône, il me donne sa foi.

P H E D I M E.

De Rome ainsi pour lui vous briguez le suffrage?

S A L O M E.

Salome une autre fois t'en dira davantage.
Antipater paroît.

SCENE VII.

SALOME, ANTIPATER, PHEDIME.

A N T I P A T E R.

Madame, c'en est fait,
De vos bontez pour moi je n'attens plus l'effet.
Le retour de mon frere assure sa conquête;
Pour couronner ses feux je voi que tout s'aprête:
La tendresse, l'amour, Solime, les Romains,
Tout remet aujourd'hui Glaphira dans ses mains.

S A L O M E.

Quoi déja son retour trouble vôtre courage?
Antipater ainsi s'allarme au moindre orage?
Alexandre à Solime à peine est arrivé,
Et jusqu'au moindre espoir tout vous est enlevé?
Songez que le dessein que vôtre orgüeil embrasse,
Même dans le malheur, veut encor plüs d'audace:
Et craignez que malgré tant de secours promis,
Vôtre trouble en ces lieux ne glace vos amis.
Ah! si l'évenement, dementant l'apparence,
Dans son cœur de si loin ramene l'esperance,
Dans vos justes dess.ns encor plus affermi,

Prince,

Prince, sans reculer, perdez vôtre ennemi.
Rendons-lui les perils qu'il en falloit attendre :
Ce n'est pas l'opprimer, c'est plûtôt vous deffendre,
C'est rejetter sur lui ses cruels attentats.

ANTIPATER.

He bien, Madame, allons, disposez de mon bras.
Dans mon juste transport il n'est rien qui m'arrête.
Parlez, mon desespoir vous répond de sa tête.
Parmi de grands rivaux, entre les fils des Rois,
La haine devient juste, & le crime a ses droits.

SALOME.

Je conçois vos douleurs : il suffit, le temps presse.
Je vais trouver Hérode, allez voir la Princesse.
Sur tout à ses dédains laissez un libre cours ;
Ecoutez vôtre espoir, & non point ses discours.
Allez, & si le Ciel vous offre une couronne,
Que vous importe-t-il quel moyen vous la donne ?
Tout soin frivole ici, Prince, est à dédaigner :
Et l'on est seur de plaire alors qu'on peut régner.

Fin du premier Acte.

ACTE II.

SCENE I.

GLAPHIRA, PHENICE.

PHENICE.

Madame, enfin le Ciel touché de vos al-
    larmes,
Va tarir pour jamais la source de vos
  larmes;
Alexandre lui-même à vos desirs rendu,
Va presser un hymen si long temps attendu;
Par ses derniers malheurs sa faveur affermie...

GLAPHIRA.

Hé! ne connois-tu pas sa cruelle ennemie?
Les caresses du Roy, l'appui de l'Empereur,
Tout ce qui t'a flatée, irrite sa fureur.
Ne crois pas qu'elle rompe un projet sanguinaire,
Qu'elle n'ait accablé le fils après la mere;
Qu'elle ne regne seule en écartant le bras
Qui pouvoit la punir de tous ses attentats.

PHENICE.

Madame, je sçai trop que la faveur de Rome,
Que son retour aigrit la haine de Salomé;
Mais en vous son destin trouve un nouvel appui;
Contr'elle dans ces lieux vous pouvez tout pour lui.
Vous allez écarter les pieges qu'on lui dresse.
Vous sçavez que le Roi vous aime avec tendresse;
Que souvent plus farouche, & noyé dans ses pleurs,
Vôtre seule présence a calmé ses fureurs.

Il croit revoir en vous tous les traits de la Reine.

GLAPHIRA.

Hé quoi ! ne sçais-tu pas quel caprice l'entraîne ?
Qu'au plus leger soupçon facile à s'allarmer,
Il cede à des transports que rien ne peut calmer ?
Que toûjours incertain , quelque effort que l'on fasse,
Il peut perdre son fils , prêt à lui faire grace ?
Mais on entre ; quelqu'un adresse ici ses pas.
Ciel ! c'est Antipater.

SCENE II.

GLAPHIRA, ANTIPATER, PHENICE.

ANTIPATER.

Vous ne m'attendiez pas ,
Je le voi ; mon abord a paru vous surprendre ,
Madame, vos regards demandoient Alexandre.
Vous veniez dans ces lieux, dans un espoir plus doux.
Pour lui les mêmes soins. . .

GLAPHIRA.

Et surquoi pensez-vous,
Prince, que son retour ainsi que son absence,
Ait dans mes sentimens mis quelque difference ?
Liée à ses destins par une étroite loi,
Ses malheurs n'ont servi qu'à confirmer ma foi.
J'ai partagé sa crainte ; & parmi mes allarmes ,
Je ne connoissois rien de plus doux que mes larmes :
Lui seul par sa présence en arrête le cours,
Et me retrouve encor ce que je fus toûjours.

ANTIPATER.

Je sçai que de Juda descendu par sa mere ,
Son sang l'appelle au Trône , où s'éleva mon pere :
Mais de son rang sur lui retombe tout l'éclat ;
Et j'ai pour moi, Madame , Auguste & le Sénat.

GLAPHIRA.

Que dites-vous, Seigneur, du Sénat & d'Auguste ?
Quel appui s'offre à vous sous un régne si juste ?
Qu'en peut craindre Aléxandre ? Arbitres seuls des
    Rois
En voudroient-ils en lui violer tous les droits ?
Mais non, Rome elle-même en prendra la deffense ;
Et lorsque pour le Trône élevant son enfance :
Lorsqu'au mêtier des Rois, soigneux de l'exercer
Auguste...

ANTIPATER.

Hé ! quoi, Madame, avez-vous pû penser,
Que de tant de Rois Rome & rivale & maîtresse,
S'asservisse en esclave à tenir sa promesse ?
Ah plûtôt elle attend que des droits plus certains
D'un Prince sans Etats relevent les destins.

SCENE III.

GLAPHIRA, ALEXANDRE, ANTIPATER, PHENICE.

ALEXANDRE à *Antipater.*

Prince, je vous entens : vôtre ame ambitieuse
A nourrir son erreur toûjours ingenieuse
Prevoit des Potentats tous les conseils secrets,
Et de Rome à son gré regle les interêts.

ANTIPATER.

Vous-même, comptiez-vous sur la faveur de Rome?

ALEXANDRE.

Plus que vous ne comptez sur l'appui de Salome.

ANTIPATER.

Rome à ses interêts immole ses amis.

ALEXANDRE.

Rome me tiendra plus qu'elle ne m'a promis.

ANTIPATER.
Mais non point cet hymen que vôtre amour espere.

ALEXANDRE.
Ne me suffit-il pas de l'aveu de mon pere?

ANTIPATER.
Le Roi, pour traverser lui-même vos desseins,
Peut avoir ses raisons, ainsi que les Romains.

ALEXANDRE.
Du moins ce n'est qu'à lui de me les faire entendre.
Pour vous, à Glaphira gardez-vous de prétendre.
Accordée à ma foi fille d'Archélaüs,
Je l'aime. Enfin reglez vôtre espoir là-dessus :
Songez combien le Ciel, nous formant l'un & l'autre,
Eleva ma naissance au dessus de la vôtre ;
Et que né dans ces lieux pour recevoir la loi,
Vous êtes fils d'Herode, & non le fils du Roi.

ANTIPATER.
Ah ! c'est à vous plûtôt, Prince, de reconnaître
Qu'il n'est pas encor temps de me parler en maître.
D'une mere proscrite oubliant le malheur...

ALEXANDRE, *en mettant la main sur son épée.*
C'en est trop ? ...

GLAPHIRA.
Le Roi vient, que faites-vous, Seigneur ?

✳✳✳✳✳✳✳✳✳✳✳✳✳✳✳✳✳✳

SCENE IV.

HERODE, GLAPHIRA,
ALEXANDRE, ANTIPATER,
PHENICE, NARBAL, GARDES.

HERODE.
Que vois-je, mes enfans ? qu'ay je entendu, ma
fille ?

Quel désordre nouveau divise ma famille ?
Et par quel attentat prompte à se signaler,
M'offre-t-elle par tout mon sang prêt à couler ?
Quelle haine entre vous injuste & criminelle
Nourrit dans ma maison une guerre éternelle ?
Ah ! lors qu'Antoine mort me laissa sans appui,
Qu'Auguste triomphant me cita devant lui,
Aux traits d'un noble orgüeil n'accorda-t-il ma vie,
Que pour la voir un jour par mes enfans ravie ?
Mais parlez, quel sujet vous anime tous deux ?
Vous ne me dites rien ! Répondez, je le veux ;
Eclaircissez mon trouble, ou craignez ma colere.

ANTIPATER.

J'ignore quels motifs ont irrité mon frere :
Mais loin de m'accorder ce qu'il me doit d'égards,
Fils d'Hérode, j'attire à peine ses regards.

HERODE.

Hé quoi ! mon fils, déja vôtre orgüeil se declare ?
Ne vous suffit-il pas du rang qui vous sépare ?
Et n'est-ce point assés que mon cœur prévenu....

ALEXANDRE.

Antipater, Seigneur, ne vous est pas connu.
Je le vois : son orgüeil excitant sa tendresse,
Ose me disputer la main de la Princesse ;
Et quand le son aveu mon amour irrité,
Oppose son devoir à sa temerité,
L'insolent de la Reine outrage la mémoire :
Il ose m'offenser ; & si je l'en veux croire,
Seigneur, pour traverser un hymen que j'attens,
Vous-même ; les Romains....

HERODE.

                    Ah ! qu'est-ce que j'entens ?
Cruel, c'est donc ainsi que ta coupable envie
Cherche à persécuter les restes de ma vie ?
Mais je vais t'en punir, & mon ressentiment
Trouvera dans tes feux ton juste sentiment.
Aléxandre à tes yeux épousant la Princesse,
Va confondre l'orgüeil qui m'irrite, & le blesse.

Je ne differe plus son hymen ; & demain
Il peut aller au Temple & lui donner la main.
Et toi vas les forcer d'oublier ton audace,
Et n'attens plus de moi de pardon sans leur grace.

ANTIPATER.

Ah ! Seigneur, je pourrois ! . . .

HERODE.

Oses-tu resister,
Temeraire ? Obéïs, ou crains de m'irriter.
Au gré de vos desirs, Madame, tout conspire :
Tel est l'ordre du Ciel que lui-même m'inspire.
Conduisez la Princesse à son appartement,
Mon fils, & vous, Narbal, qu'on me laisse un moment.

SCENE V.

HERODE seul.

C'En est fait, la Princesse entre mes mains rémise,
Recevra de mon fils la foi déja promise :
Mais de ton cœur pour elle, Herode, en ces momens
As-tu bien démêlé les secrets mouvemens ?
Destinée à ton fils, par quelle complaisance
En as-tu jusqu'ici recherché la présence ?
Quel charme a quelquefois suspendu ton ennui ?
Est-ce penchant pour elle ? ou tendresse pour lui ?
En faut-il accuser l'amour ou la nature ?
Que dis-je ? malheureux ! dans les maux que j'endure,
Ignorerois-je encor quels sont mes sentimens ?
L'amour s'accorde-t-il avec tant de tourmens ?
Sans doute je m'abuse, & ma flâme éternelle
Adore encor des traits que je retrouve en elle.
Mais quand par un hymen utile & glorieux,
Je vais placer ton fils au rang de ses ayeux,
Que des droits de son sang un Trône est le salaire,

Divine Mariamne, appaife ta colere.
D'un époux malheureux calme le jufte effroy;
Avec la même horreur ne règne plùs fur moi.
Hé que n'ay-je point fait pour expier mon crime?
Auteur de fon trépas, j'en devins la victime;
Pour redonner le calme à mes fens allarmez,
J'entrepris le bonheur des peuples opprimez;
Des vertus d'Ifraël je recherchai les traces;
Ma main de tous côtez a répandu les graces.
Vains efforts! ma douleur s'irritant dans fon cours,
Dans ma fureur bientôt trouva d'autres fecours;
Je crûs que d'autres foins rempliroient mieux mon
       ame;
Qu'employant le poifon, & le fer & la flâme;
Qu'abufant jufqu'au bout des droits des Potentats,
Je vaincrois ma douleur à force d'attentats.
Mais ni les dons offerts, ni l'éclat de mes cri-
       mes,
Ni le fang des mortels, ni celui des victimes,
Rien ne m'a foulagé. Par des moyens plus doux
Je puis du Ciel peut-être appaifer le courroux.

SCENE VI.

HERODE, SALOME.

SALOME.

CRoirai-je un bruit, Seigneur, qui vient de fe ré-
      pandre?
La Princeffe va-t elle époufer Aléxandre?

HERODE.

Le deffein en eft pris, ma fœur, & dés demain
Mon fils de Glaphira doit recevoir la main.

SALOME.

Lui faites-vous du fceptre un fecond facrifice?

HERODE.

Si je m'en dépoüillois, je me ferois justice ;
Et peut-être qu'aprés tant de troubles, de maux,
Je ne dois qu'à ce prix esperer du repos.
Quoi qu'il en soit, ma foi, mon interêt, ma gloire,
Tout conspire. . . .

SALOME.

Seigneur, c'est à moi de vous croire,
Et d'ailleurs pour ce fils vôtre cœur genereux
D'un peuple tout entier va feconder les vœux.
De la Reine à ses yeux le fils est cher encore,
Et des Asmonéens c'est le sang qu'il adore.
Quel espoir à leurs vœux ne sera point permis,
Lors qu'un pouvoir suprême en ses mains est remis ?
Que Rome, le Sénat embrassent sa querelle . . . .

HERODE.

De mon peuple pour lui j'ignorois ce grand zele.

SALOME.

Ah ! vous-même, Seigneur, rappellez-vous ce jour
Qui sembla d'un triomphe honorer son retour ;
Quand tout Solime en foule inondant son passage,
Voloit devant ses pas & cherchoit son visage ;
Que d'un cri seul alors formé de mille cris,
Il le plaçoit au Trône où vous êtes assis ;
Et se livrant sans cesse à son zele credule,
Croyoit revoir en lui son oncle Aristobule.

HERODE.

Croirai-je que trop plein de son espoir flateur,
Il ouvre encore l'oreille à ce bruit seducteur ?

SALOME.

Je ne sçai : mais, Seigneur, rarement la nature
D'un cœur ambitieux étouffe le murmure.
Le Trône est à ses vœux un titre suffisant ;
Et le regne d'un pere est un fardeau pésant.

HERODE.

Quel que puisse être enfin l'orgüeil qui le dévore,
Vous le voyez, le jour n'est pas bien loin encore,
Où la main de mon fils doit me fermer les yeux.

Trop content jusques-là d'un hymen glorieux,
Il peut.

SALOME,

Ah ! s'il vous faut dire ce que je pense,
Esperez-vous, Seigneur ; que sa reconnoissance
Eteigne le courroux dont il est animé ?
Il ne montre en ces lieux qu'un cœur envenimé :
Il y porte par tout & ses cris & ses larmes.
Que dis-je ? même encor vous lui donnez des armes.
Epoux de la Princesse, il trouve dans ses mains
Une vengeance seure, & des secours certains,
Dans les droits de son sang interessé par elle,
Tout l'Orient est prêt d'embrasser sa querelle.
Ah ! si seul & proscrit on vit ses attentâts,
Gendre d'Archélaüs que ne fera-t-il pas ?

HERODE.

Ah! si l'ingrat... mais quoi manquant à ma promesse,
Pourrois-je de ces lieux renvoyer la Princesse ?
Rompre tous les traitez qui me peuvent lier ...

SALOME.

Vous-même à vôtre lit daignez l'associer.

HERODE.

Moi ! l'épouser, ô Ciel! que d'autres feux éprise,
Mon ame encor...

SALOME.

D'où peut naître cette surprise ?
D'une illustre alliance, Archélaüs jaloux,
Dans vôtre fils, Seigneur, n'envisageoit que vous.
Et quel est donc ce choix que vôtre cœur condamne ?
Vos yeux dans Glaphira retrouvent Mariamne ;
De vos sombres chagrins, Seigneur, de vos terreurs,
Sa présence a souvent dissipé les horreurs ;
Vous éprouvez prés d'elle un destin moins funeste.
Le Ciel a commencé, Seigneur, faites le reste.
Que ces mêmes apprêts que l'on vient d'ordonner...

HERODE.

Ah! quel conseil, Madame, osez-vous me donner ?
N'abusez point des soins que j'ai pour la Princesse.

Cruelle, où voulez-vous amener ma tendreffe?
Hé quoi! de vos confeils fans ceffe combattu,
Voulez-vous jufqu'au bout attaquer ma vertu?
Detournez de mes yeux l'eclat de tant de charmes;
Et laiffez-moi plûtôt m'abreuver de mes larmes;
Joüir de ma douleur. Rome arbitre des Rois,
Vous ne l'ignorez point, a confirmé ce choix.
Elle attend leur hymen, la fortune ennemie,
Aux ordres du Sénat en efclave nous lie.
Dois-je le foulever, & manquant à ma foy,
Prêter à Silleüs des raifons contre moi?
Non, c'eft trop écouter vôtre amitié cruelle;
Si j'en crois vos difcours, mon fils n'eft qu'un rebelle.
Solime me trahit; vos foupçons dangereux
S'ils affeurent mes jours, les rendent malheureux.
Qu'en fes reffentimens mon fils perfifte encore;
Qu'il trame des complots; que le peuple l'adore;
Dût-il vanger fur moi le fang que j'ai verfé,
Je vais finir pour lui ce que j'ai commencé.

SCENE VII.

S A L O M E *feule.*

V A, je te connois mal, ou malgré l'apparence,
Ma haine doit fur toi fonder plus d'efperance.
Ce foupçon dans ton cœur heureufement jetté,
Fera tout le progrés dont le mien s'eft flaté,
De mes premiers efforts déja l'effet le touche;
Mes yeux en lui parlant le trouvoient plus farouche;
Le trouble s'élevoit dans fon cœur étonné,
Alexandre eft profcrit, puis qu'il eft foupçonné.
Ce n'eft pas tout encor; cette tendreffe extrême,
Ou plûtôt cet amour qu'il fe cache à lui-même,
Dont j'ai dû voir ici des fignes trop certains,

Asseure ma vangeance, & sert tous mes desseins.
Il faut par un soupçon facile à le surprendre;
Aussi bien que le Roi tourmenter Alexandre,
Que Philon qui me sert, par un second avis
Contre le pere encore aille animer le fils.
Je sçai de quels soupçons son amour est capable,
Et je ne doute point que ce coup ne l'accable,
Et qu'au devant des traits que je vais lui porter,
Lui-même en ses transports ne se vienne jetter:
Lui-même il va servir le courroux qui l'opprime...

SCENE VIII.

SALOME, PHEDIME.

PHEDIME.

UN bruit court que Thirron a paru dans Solime,
  Madame, & son retour...
SALOME.

          Thirron! que me dis-tu?
Lui qui vit le Sénat proteger sa vertu,
Phédime, & qui depuis la mort de Mariamne
S'est banni d'une Cour à ses yeux trop prophane!
L'avis est important. Ministre de vos Rois,
Du sang Asmonéen seul il maintint les droits.
Long-temps en déplora les fameuses disgraces,
D'Alexandre sans doute il cherche ici les traces.
Dans le zele indiscret commun à ses pareils,
Il va l'empoisonner de ses hardis conseils.
Ah! prévenons l'effet de leur intelligence.
Suis-moi, viens; achevons ma gloire & ma van-
    geance.

Fin du second Acte.

ACTE

ACTE III.

SCENE I.

THIRRON seul.

ARtête ici, Thirron. Alexandre en ces lieux?
En entrant chez le Roi, va s'offrir à tes
yeux.
Suivons sans balancer le zéle qui me guide.
Palais, où de Juda la majesté réside;
Séjour jadis si saint; demeure de nos Rois;
Aprés quinze ans d'absence enfin je vous revois!
Je vous ay vûs souillez du meurtre d'une Reine,
Qu'immolérent ensemble & l'amour & la haine:
Maintenant vous m'offrez, aprés tant de regrets,
De l'hymen de son fils les superbes apprêts!
Puisse le Ciel pour lui prodiguant les miracles,
De l'espoir qui le flatte écarter les obstacles.
Rendre vains des soupçons dans mon ame tracez,
Que mon zéle peut-être a trop tôt embrassez.
Cher Prince, si Thirron t'alla chercher dans Rome,
Lorsque dans le Sénat la haine de Salome,
Par de secrets ressorts continuant toûjours,
Par les mains de ton pere attentoit sur tes jours,
Juge avec quel transport une ardeur legitime
Dans ta gloire aujourd'hui te verroit dans Solime,
Heureux & triomphant!.. mais qu'est-ce que je
voi?
Salome ici s'avance, & sort de chez le Roi.

SCENE II.

SALOME, THIRRON, PHEDIME.

SALOME.

Quoy! vous ici, Thirron ! quelle cause imprevûë
Vous ramene en des lieux qui blessoient vôtre
vûë ?

THIRRON.

Je l'avoûrai, Madame ; & ces augustes lieux
N'ont pas toûjours parû les mêmes à mes yeux.
Je les ai vûs baignez & de sang & de larmes ;
Mais un calme plus doux succede à tant d'alarmes.
De l'innocence enfin Herode entend la voix ;
Et sur lui la nature a repris tous ses droits.
Il va faire monter au rang de ses ancêtres
Le Fils de Mariamne, & le sang de ses maîtres.
D'un peuple qui l'adore il dissipe l'effroi,
Et moi-même à ce prix je reconnois mon Roi.

SALOME.

Ainsi depuis longtemps à son sort enchaînée,
Vôtre foi se conduit selon sa destinée ?
Et le cœur de Thirron jusqu'ici combattu,
Fait des événemens dépendre sa vertu ?
De retour dans Solime, il laisse voir encore
Quels maîtres il révére, & quel sang il adore !
Sa gloire ne permet aucun dessein couvert ;
Et c'est être perfide au moins à cœur ouvert.

THIRRON.

Un tel nom, je l'avoûë, excite ma surprise ;
Et sur tout en ces lieux connu par ma franchise,
Jadis d'Hérode en moi le glorieux accüeil,
Honora des vertus dont la Cour est l'écüeil.
Ennemi de tout temps de cette perfidie,
Au crime dans ces lieux par le crime enhardie,

Je n'ai point crû par-là qu'on me pût outrager :
Entre Salomé & moi, c'est au Roy de juger.

SALOME.

Où tendent ces discours ? quelle est cette menace ?
Mais je ne vois que trop d'où vous haît tant d'au-
    dace.
Le Prince est de retour : qui sert ses attentats,
Peur rencontrer l'abîme où s'engagent ses pas.
Vous pouvez lui parler ; il vient, je me retire.
O Ciel de mes complots auroit-il pû s'instruire ?
    A part.

THIRRON.

C'est à toi de trembler, contre toi dans ces lieux
Tu me revois chargé d'un secret odieux.
    A part.

SCENE III.

ALEXANDRE, THIRRON.

ALEXANDRE.

Est-ce vous, cher Thirron, que le Ciel me ren-
    voye ?
Témoin de mes malheurs, soyez-le de ma joye.
Sans crainte, & sans relâche attaché sur mes pas,
A mes justes transports daignez ouvrir vos bras.

THIRRON.

Honorez moins, Seigneur, le zéle qui m'anime,
Mon devoir sur vos pas m'appelle dans Solime.
Heureux ! si j'y pouvois, aux dépens de mes jours,
Du destin qui vous rit éterniser le cours.

ALEXANDRE.

Ignorez-vous quel sort mon pere me prepare ?
Dans ces lieux, cher Thirron, pour moi tout se declare

Tout est changé, le Ciel confond mes ennemis :
Et le plus doux espoir à present m'est permis.
Si vous sçaviez, Thirron, avec quelle tendresse,
De quels yeux à la Cour le Roi voit la Princesse.
Satisfait, & flaté d'un hymen glorieux,
Il perd en la voyant les transports furieux,
Qui renaissant toûjours de sa douleur amere,
Vengent depuis quinze ans les malheurs de ma mere.

THIRRON.

Je vous en croi, Seigneur : mais est-il encor temps
Qu'à des transport si doux vôtre cœur…

ALEXANDRE.

                               Ah ! j'entens.
De la Reine, il est vrai, la mort n'est point vengée.
Par les soins de l'amour la nature outragée
De mon ressentiment veut de plus prompts efforts,
Et pour un seul trépas demande mille morts.
O vous, témoins muets d'une injuste colere,
Marbres que soüille encor le meurtre de ma mere,
Combien vôtre aspect seul agit es mes esprits !
Et vous, Manés plaintifs, interrompez vos cris,
Puis qu'avec mon devoir tout est d'intelligence.
Oüi, Thirron, cet hymen assure ma vengeance
Par là mille secours s'offrent à mon courroux ;
Vos vœux bientôt contens…

THIRRON.

                        Prince, que dites-vous ?
Prévenu dans ces lieux d'un courroux legitime,
Vous-même appréhendez d'en être la victime,
Des embarras des Rois effet trop dangereux,
Qu'une longue habitude a de pouvoir sur eux !

ALEXANDRE.

De quel effroi vôtre ame est-elle prévenuë ?

THIRRON.

Salome, je le voi, ne vous est point connuë :
Vôtre malheur, Seigneur, n'a point fini son cours,
Vôtre pere vous aime, il vous aima toûjours :
Mais un cœur prévenu dépend peu de lui-même.

Soupçonneux, inquiet, jaloux du Diadême.
La haine de Salome excitant ses transports,
De son vaste courroux fait mouvoir les ressorts.
Né vertueux, sans doute, on a sçû le surprendre:
Mais jusqu'où ne peut point un grand cœur se ré-
    pandre ?
La vertu, dont le crime a pû gagner l'appui,
Est plus injuste encor, plus cruelle que lui.
Je voulois fuir Salome, & je l'ai rencontrée ;
En entrant sa surprise à mes yeux s'est montrée,
Comme si mon aspect causant son embarras,
Lui reprochoit alors de secrets attentats.
J'ai parlé. Ses discours m'en ont dit davantage ;
Et mes yeux de plus prés ont contemplé l'orage.
Vous n'avez pû penser que prompte à se trahir,
Elle puisse vous craindre, & ne vous point haïr :
Tous ses forfaits passez excitent sa colere,
Et le crime du fils est la mort de la mere.
Vôtre hymen, qui s'approche irrite son courroux ;
Le moment est terrible, & decide entre vous.

ALEXANDRE.

Et que peut contre moi la fureur de Salome,
Lorsque j'ai la faveur & l'amitié de Rome ?]
Contr'elle & contre tous son secours m'est offert ;
Et je puis. . . .

THIRRON.

    Et c'est là, Seigneur, ce qui vous perd]
C'est peu que dans ce jour sa prudence funeste
Du sang Asmonéén poursuive en vous le reste ;
De mon retour encor dans ces terribles lieux,
Tous les motifs secrets n'ont point frapé vos
    yeux.
Il faut vous en instruire. Enfin vôtre ennemie,
Contre vous dans sa haine encor plus affermie,
Confirme des soupçons trop justement conçeus.
Salome. . . .

ALEXANDRE.

    Hé bien, Thirron ?

THIRRON.

　　　　　Traite avec Silléüs.

ALEXANDRE.

Ciel !

THIRRON.

Elle sçait pour vous ce que Rome peut faire,
Et qu'en faveur du fils elle fait grace au pere ;
Que par vous Silléüs perd l'appui des Romains.
Vôtre perte, Seigneur, importe à ses desseins.
Sans ces desseins peut-être, où sa fureur éclate,
Elle eût vû d'un autre œil cet hymen qui vous flate :
Sa haine ambitieuse en a repris son cours,
Et s'achemine au Trône aux dépens de vos jours.

ALEXANDRE.

Ah ! plûtôt elle-même elle assure sa perte.
Que ne saisissons-nous l'occasion offerte ?
Vous sçavez ses desseins, osez les reveler.
Le Roi...

THIRRON.

N'en doutez point, je sçaurai lui parler.
Mais lorsque je me livre au zele qui m'enflâme,
Que vos justes transports s'enferment dans vôtre ame :
Sur mes soins quelque temps il faut vous reposer ;
Contraignez vous encor, c'est à moi seul d'oser.
La verité, Seigneur, dans ces lieux ignorée,
S'y montre, ou rarement, ou trop défigurée.
Je sçai qu'autour du Roi sans cesse est répandu
Un tas de vils flateurs à la faveur vendu,
Que Salome écoutant sa haine & sa vengeance,
Par lui contre lui-même exerce une puissance
Dont les moyens divers, avec art recherchez,
Sont autant d'attentats sous d'autres noms cachez.
Mais sur sa vertu seule un grand cœur se repose,
Il parle sans contrainte, & quoi que nous oppose
Dans ses préventions un Monarque irrité,
L'homme malgré lui-même aime la verité :
Sa lumiere le frape, & toûjours favorable,
Le Ciel entr'elle & nous mit un rapport durable.

Elle emprunte de lui ses droits & son pouvoir,
Et pour vaincre les cœurs n'a qu'à se faire voir.
Mais entrez chez le Roi, Seigneur, je vais attendre
Le moment favorable où l'on pourra m'entendre.
Dans vôtre appartement j'irai vous retrouver.

SCENE IV.

ALEXANDRE, PHILON.

PHILON.

A part.

J'Ai commencé sa perte, il la faut achever.
Seigneur, souffrez qu'ici je vous montre ma joye;
Thirron est dans ces lieux, le Ciel vous le renvoye :
Au fils de Mariamne attaché comme moi
Il y vient vous prouver & son zele & sa foi.
Quelle que soit pourtant cette ardeur éclatante,
Pour vous dans cette Cour sa vertu m'épouvante.
Eh pensez-vous, Seigneur, que d'utiles avis
Y soient receus sans peine, & sans crainte suivis?
Et que la verité par tout si respectable
Approche sans péril d'un Trône redoutable,
Où le mensonge adroit, préparant ses projets,
Aux yeux d'un Roi cruel farde tous les objets?
Avec qui, dissimule, oüi, Seigneur, il faut feindre.

ALEXANDRE.

Je vous l'ai dit, Philon, je ne puis me contrain-
dre;
Et mon cœur par vos soins vainement combattu,
Contre mes ennemis n'admet que ma vertu.
Je pouvois fuir des lieux teints du sang de la Reine :
Mais enfin vous sçavez l'interêt qui m'entraîne;
Que du destin pour moi balançant la rigueur,
L'hymen de Glaphira.

PHILON.

Que dites-vous ; Seigneur ?
Ignorez-vous encor quel péril vous menace ?

ALEXANDRE.

J'ignore mes forfaits ; & non point ma disgrace.
Malgré tous les apprêts d'un hymen , je le voi,
De nouveaux mouvémens s'élevent contre moi.
Sans doute vous sçavez quel orage s'apprête.
Vous pouvez m'éclaircir, Philon ; qui vous arrête ?
Parlez : Antipater , appuyé dans ces liéux,
Vers la Princesse encor léveroit-il les yeux ?
Croit-il me traverser, & que Rome équitable ?

PHILON.

Vous avez un rival , Seigneur , plus redoutable.
Instruit de son amour , j'en ai pâli d'effroi.

ALEXANDRE.

Et quel autre rival ai-je à craindre ?

PHILON.

Le Roi.

ALEXANDRE.

Mon pere ?

PHILON.

Oüi , lui-même.

ALEXANDRE.

Ah ! grand Dieu , le dirai-je ?
J'en rougis ; les éforts d'une main sacrilége,
Dont mon ame à jamais garde le souvenir,
Ces attentats , l'effroi des siecles à venir,
N'ont point encor jetté tant de trouble en mon ame,
Ni porté jusques-là le courroux qui m'enflâme !
Mille transports divers m'agitent à la fois,
Et d'un respect sacré balancent tous les droits.
Mais peut-être trop tôt je céde à mes allarmes.
Dans ses embrassemens j'ai vû couler ses larmes.
Que dis-je ? cet amour par vos soins pénétré,
Est de toute la Cour un secret ignoré :
Tout Solime pour moi benît l'amour d'un pere.
Quel temps a dévoilé ce funeste mystére ?

Lui-même s'ose-t'il avoüer mon rival ?
Parlez, Philon.

PHILON.

Honteux de son trouble fatal,
Il hâtoit vôtre hymen, combattoit sa tendresse.
Mais Salome, Seigneur, a senti sa foiblesse.
Que n'a-t-elle point fait alors pour l'enflâmer ?
Moins pour flatter ses feux que pour vous opprimer,
Trop instruite combien en lui l'amour entraîne
De troubles, de fureurs, de caprices, de haine,
Et qu'au moindre soupçon dont son cœur est at-
teint,
Implacable rival, il perd tout ce qu'il craint.

ALEXANDRE.

La cruelle !

PHILON.

Elle-même à la fureur en proye,
Laisse voir quelques traits de sa perfide joye.
Vôtre hymen differé, ses apprêts suspendus,
De secrets mouvemens.

ALEXANDRE.

Ah ! je m'en doute plus,
Ma honte est declarée, & mon malheur extrême.
Mais parlez : Glaphira.

PHILON.

Seigneur, elle vous aime.
Mais en elle l'orgüeil peut balancer l'amour ;
Et dans la pompe enfin, dans l'éclat de la Cour,
Un grand Roy lui soumet sa gloire & sa tendresse.
Vous connoissez le cœur d'une jeune Princesse.

ALEXANDRE.

Cher Philon, j'ai besoin de vos sages conseils.
Souvent tant de rigueurs ont lassé mes pareils.
Empêchez que ma gloire ici n'en soit ternie.
Vers le crime pour moi la route est applanie ;
Mon pere l'a tracée ; & les plus grands forfaits
Du sang qui m'a formé sont de communs effets ;
De mon cœur embrasé l'espérance séduite.

PHILON.
Dans ce peril, pour vous je ne vois que la fuite.
Contre tant d'ennemis, contre tant d'attentats,
Seigneur, la Capadoce est ouverte à vos pas:
Archelaüs sçaura vanger vôtre infortune;
Pere de Glaphira la querelle est commune:
C'est vous, dans cet hymen que regardoit son choix,
Qui du sang de Juda réprésentez les Rois:
C'est l'appui du Senat qu'en vous il envisage:
Il suffit qu'à Varus vous demandiez passage:
Qu'une lettre remise en de fidelles mains,
Par lui de vôtre fuite informe les Romains;
Varus vous ouvrira sans doute la Sirie:
Prés d'Auguste avec lui vôtre enfance nourrie,
A vû former des nœuds de mille soins suivis.

ALEXANDRE.
Oüi, Philon, c'en est fait, j'embrasse vos avis.
Et que craindre? il s'agit de servir ma tendresse.
Je vais fuir, ou plûtôt enlever la Princesse:
Ma gloire n'y consent que pour la conserver,
C'est braver mon rival, & non pas me sauver.

PHILON.
Du départ à mes soins remettez la conduite.
Laissez-moi partager le peril & la fuite.
Quel qu'en soit le succez heureux, ou malheureux..

ALEXANDRE.
Allez; je m'abandonne à vos soins genereux.
Ma gloire, mon amour, ma vertu, tout me presse,
Je cours y disposer Thirron, & la Princesse:
Mais on ouvre, Philon; c'est elle que je voi.

SCENE V.

ALEXANDRE, GLAPHIRA, PHENICE.

ALEXANDRE.

Madame, dans ces lieux tout est changé pour
    moi.
J'ai vû tomber ma gloire, & mon espoir s'éteindre:
Mais des rigueurs du sort je n'ai point à me plaindre,
Si pour moi jusqu'au bout vôtre cœur genereux
Daigne encor dans mes maux consentir à mes vœux.

GLAPHIRA.

A mon amour, Seigneur, épargnez cet outrage.
Doutez-vous que vos vœux n'entraînent mon suf-
    frage?

ALEXANDRE.

Hé bien, sans differer, allons, suivez mes pas.
Venez. Archelaüs nous ouvre ses Etats.
Je ne vois dans le trouble, où mon ame est reduite,
Pour sauver ma vertu, que la mort, ou la fuite.

GLAPHIRA.

Et dans quel temps, Seigneur, éclatent vos regrets!
Ces gages d'un hymen, tous ces pompeux apprêts,
Que d'Hérode lui-même ordonne la tendresse,
Ces offrandes, ces vœux que tout un peuple adresse,
L'Univers attentif, le Sénat prévenu...

ALEXANDRE.

Ah Madame! le Roi vous est-il bien connu!

GLAPHIRA.

J'en atteste du Ciel la splendeur qui m'éclaire;
Il ne m'a laissé voir que les bontez d'un pere,
Les plus tendres regrets, les plus purs sentimens.

Tantôt parmi des pleurs mêlez d'embrassemens,
Par lui dans mon espoir toujours plus rassurée,
Quelle vive amitié ne m'a-t-il point jurée ?
Jamais par plus de soins, par des transports plus
    doux,
Lui-même Archelaüs...

ALEXANDRE.

      Ah ! que me dites-vous ?
Je ne m'étonne point que l'éclat de vos charmes
Porte dans les esprits le trouble & les alarmes :
Que d'un cœur agité suspendant les terreurs,
Par vous l'amour triomphe où régnoient les fureurs :
Mais que prêt à joüir du bonheur que j'espere,
Je ne trouve à mes vœux d'obstacle que mon pere ;
Qu'une ardeur !...

GLAPHIRA.

    Achevez, expliquez-vous, Seigneur ;
Quels obstacles oppose Herode... quelle ardeur.

ALEXANDRE.

Hé quoi, vous l'ignorez lorsque tout la declare !
C'est par là qu'à mes yeux il s'est rendu si rare ;
Que l'effet a trahi tous les embrassemens ;
Que ces lieux ont perdu ces tristes ornemens,
Par qui de sa douleur s'exprimoient les atteintes ;
Qu'on n'entend plus le Ciel retentir de ses plaintes ;
Que de l'âge avec art réparant les débris,
Il déguise ce front chargé d'ans & d'ennuis.
Dans les divins appas dont vous êtes remplie,
Il croit voir Marianne... ou plûtôt il l'oublie,
Dans la clarté du jour, dans l'ombre de la nuit.
Une image plus douce & le frape, & le suit....

GLAPHIRA.

Ciel ! j'ai pû me prêter aux transports de son ame !
Moi-même jusques-là j'aurois trahi ma flâme !

ALEXANDRE.

Ah ! Madame, je sçai que jusques à ce jour
Le sort qui me poursuit respecta vôtre amour ;
Qu'il n'osa rien tenter contre un cœur si fidele.

                         Mais

Mais allons, couronnons une flâme si belle ;
Qu'Hérode contre nous arme en vain sa fureur,
Le Ciel ouvre un azyle à nos pas...

GLAPHIRA.

Non, Seigneur ;
De vos persécuteurs j'entrevoi l'artifice.
De leurs cruels desseins c'est me rendre complice :
Je ne partirai point ; je demeure en ces lieux :
Laissez-moi pénetrer un mystere odieux ;
Laissez-moi voir le Roi....

ALEXANDRE.

Vous, le revoir encore !
Que vous-même, attisant le feu qui le dévore,
En proye à ses regards vous alliez vous offrir !...

GLAPHIRA.

Ah ! cessez un discours que je ne puis souffrir.
Aléxandre oubliant sa gloire & sa vengeance,
Avec ses ennemis est-il d'intelligence ?
Vos soupçons combattant les devoirs les plus saints,
Trahissent nôtre amour, & servent leurs desseins.
Hérode vous chérit, & lui-même est à plaindre.
Ce sont vos ennemis, c'est vous seul qu'il faut crain-
    dre.
Moderez un transport sujet au repentir :
C'est en vain que vos cris me pressent de partir.

ALEXANDRE.

O Ciel ! quel mouvement s'empare de mon ame !
A partir avec moi vous balancez, Madame !
Quoi, d'Hérode vous-même appuiriez l'attentat !
Et je pourrois penser !...

GLAPHIRA.

Ah ? c'en est trop, ingrat.
D'un injuste transport vôtre ame combattuë,
Répand jusques sur moi le poison qui la tuë !
Sans plus examiner quel est vôtre courroux,
Je ne balance point à me perdre avec vous.

ALEXANDRE.

A vous perdre, Madame ! Et quelle est vôtre crainte ?

D

De quel soupçon vôtre ame est-elle donc atteinte ?
Non ; il n'est de péril pour vous qu'en ce séjour,
Vous fuyez en partant une odieuse Cour,
Une femme perfide, un Prince sanguinaire ;
Vous suivez un époux, & vous cherchez un pere,
Sur tant de droits sacrez osez vous reposer.
Philon pour le départ sçaura tout disposer :
Sa foi vous est connuë, & ce n'est qu'à son zele
Que de tous mes malheurs je dois l'avis fidele.
Je cours le joindre. Et vous, dans vôtre appartement
Allez d'un prompt départ attendre le moment,

Fin du troisiéme Acte.

ACTE IV.

SCENE I.

GLAPHIRA, PHENICE.

PHENICE.

DU trouble de vos sens qu'elle est la violence ?
Quoi, Madame, tout cede à vôtre impa-
tience !
Mille soins différens auront pû retenir
Un amant sur ses pas ardent à revenir.

GLAPHIRA.

Helas ! chaque moment chasse une autre pensée.
Entouré d'ennemis, dois-je croire insensée,
Qu'avidement conçû dans ses jaloux transports,
Le projet de sa fuite échape à leurs efforts ?
Malheureuse ! où porter l'ennui qui te dévore ?
Phénice, tu le vois, il ne vient point encore.
On l'a trahi sans doute ; il n'a dans ses malheurs
Que le sang de sa mere ; il n'a plus que mes pleurs,
Que dis-je ? l'un & l'autre ont causé sa misere.
Helas ! tu me flatois de l'amitié du pere.
Quelle étoit ton erreur ? ah ! perisse le jour
Qu'il a pris dans mes yeux un détestable amour,
Dans une Cour fertile en sanglantes disgraces,
De la foi d'Israël où retrouver les traces ?
Au pouvoir de Salome ici tout est vendu :
Mais quelque espoir s'éleve en mon cœur éperdu.
C'est le sang de Juda que flattent tant d'Oracles.
O Ciel ! en sa faveur tu dois quelques miracles.

D ij

Peut-être de mes cris ton courroux irrité. . .

SCENE II.

ANTIPATER, GLAPHIRA, PHENICE.

ANTIPATER.

Madame, je vous plains, le Prince eſt arrêté.

GLAPHIRA.

Qu'entens-je? juſte Ciel!

ANTIPATER.

Une lettre ſurpriſe,
Madame, a révelé ſa coupable entrepriſe.
Le Roi ſçait tout enfin : mais ſon cœur combattu,
S'il va punir le crime, épargne la vertu.
A l'hymen de ſon fils dés longtemps deſtinée,
Il vous a cru pour lui lâchement entraînée.
Il ſçait que les complots par ſa main apprêtez
N'ont pû de vôtre cœur obtenir. . .

GLAPHIRA.

Arrêtez.
Ne me dérobez point la gloire de mon crime ;
C'eſt ſur moi que retombe un courroux legitime.
S'il fuit ; il m'obéit : c'eſt moi qui dans ſon ſein,
Abuſant de ſes feux, en ai mis le deſſein.
Il n'a fait que ſervir la haine qui me preſſe :
Seule contre un Tiran j'animai ſa tendreſſe ;
Son devoir l'arrêtoit ; & ſon amour plus fort. . .

ANTIPATER.

Pour lui de vôtre cœur quel eſt le noble effort?
Pour le juſtifier vous vous faites coupable ;
Vous détournez ſur vous un courroux implacable ;
Jalouſe du forfait & de ſes châtimens ;

Ah! qu'il mérite peu ces nobles sentimens!
Et quelle est cette ardeur, Madame, qui l'inspire,
Lorsque prêt d'être heureux Alexandre conspire?
La gloire par l'amour s'élève au plus haut point.
Non, s'il n'est qu'un rebelle, il ne vous aimoit point.

GLAPHIRA.

Hé bien, si jusques-là tant d'amour vous anime,
Si vous êtes jaloux, Prince, de mon estime,
Si vous voulez montrer au deffaut de sa foi
Un soin digne d'un cœur qui soupire pour moi,
Digne en effet du Trône où vous osez pretendre,
Allez; courez; sauvez...

ANTIPATER.
Qui, Madame?

GLAPHIRA.
Aléxandre.

ANTIPATER.

Moi le sauver! ô Ciel! qu'appuyant ses desseins,
Dans le sang paternel j'aille tremper mes mains!
Et que de mes efforts sa fureur secondée,
Embrase un jour Solime, & trouble la Judée!
Que même de ces lieux je l'aide à vous ravir!
A quel prix mettez-vous l'honneur de vous servir?
De mon amour enfin par quel effort bizare?

GLAPHIRA.

Ah! j'aime à voir du moins jusqu'où ton cœur
      s'égare,
Perfide, & sans vouloir en ces cruels momens,
Juger de ton amour par de tels sentimens.
Sur tout lorsque ton cœur brûle de voir répandre
Le sang même d'un frere en celui d'Aléxandre.
Songe qu'en quelque état que le Ciel l'ait plongé,
Si tu m'aimes, du moins il perira vengé.
Mais de ce même cœur, où ton orgüeil aspire,
Ne crois pas seul ici lui disputer l'empire.
Il est à ton amour un obstacle fatal:
Mais il n'est pas le seul... Hérode est ton rival.

SCENE III.

ANTIPATER *seul.*

Ciel! que m'a-t-elle dit? & que viens-je d'entendre?
Quel est l'affreux secret que l'on vient de m'apprendre?
Moi-même en quels soupçons je commence d'entrer?
Le Roi l'aime! & Salome auroit pû l'ignorer?
Non, elle te trompoit, quelqu'effort que tu fisses;
Ah! ne connois-tu pas les cruels artifices?
Qu'as-tu fait malheureux! par quels traits inhumains
Dans le sang de ton frere as-tu trempé les mains?
Le succez, il est vrai, dans l'ardeur qui t'anime,
Pouvoit à l'Univers just fier ton crime.
Quelquefois d'un forfait naissent les plus saints droits,
Et le crime se perd dans la gloire des Rois.
Mais quel fruit reçois-tu de ton intelligence?
Du moins en me perdant asseurons ma vangeance;
Mais avant qu'éclater je veux être éclairci.
Dissimulons encor, on entre: la voici.

SCENE IV.

ANTIPATER, SALOME.

ANTIPATER.

Madame, à vos efforts la fortune asservie,
Conduit tous vos desseins au gré de vôtre
envie.

Difparu dans Solime, auffi-tôt qu'arrivé,
Thirron n'eft plus à craindre, & vient d'être enlevé:
Dans les murs refferrez d'une prifon obfcure,
Laiffons-lui de fon zele éxaler le murmure.
Arbitre de fes jours....

SALOME.

Il eft entre nos mains,
Prince, & peut-être encore utile à nos defleins.
Du Palais cependant il faut garder les portes:
Prenez foin qu'Euriclés redouble fes cohortes,
Et que dans fa fureur un vil peuple écarté
Ne trouble point ici ce que j'ai projetté.
En tumulte affemblé par un ordre fuprême
Le Confeil... Mais on vient. C'eft Hérode lui-même.
Prince, allez...

ANTIPATER.

Je conçois vos defleins: il fuffit.
Adieu, Madame.

SCENE V.

HERODE, SALOME.

HERODE.

HE bien, ma fœur, on me trahit!
Reconnoiffez les traits & la main d'un perfide;
Vous-même examinez la fureur qui me guide.
Cet écrit par Philon vient de m'être remis;
Lifez.

SALOME.

Je reconnois les traits de vôtre fils.
ALEXANDRE A VARUS.
Je parts.. Une raifon fecrete
Auprés d'Archélaüs va conduire mes pas.

Vous pouvez jusqu'en ses Etats
M'ouvrir par la Sirie une seure retraite.
Rome, quoi qu'il puisse avenir,
Ne peut laisser pour moi sa faveur imparfaite :
Prenez soin de la prévenir.
Le Peuple, en quelque état où mon destin me jette,
Du sang de ses vrais Rois garde le souvenir.

De ses vrais Rois ! ô Ciel ! quelle est donc sa pensée?
Fils d'Hérode, quelle est sa fureur insensée?
Vous l'entendez, Seigneur, vous voyez quel parti ..

HÉRODE.

Par mes exploits Juda vient d'être annéanti.
Dans le cours éclatant d'une guerre funeste,
De ses maîtres Solime a vû périr le reste.
Ciel ! arbitre des Rois, quel injuste pouvoir
Sous l'appas des grandeurs cherche à nous décevoir?
Et tenant seul le nœud de tant d'intelligences,
Nous remet l'ordre affreux d'exercer ses vengean-
      ces ?
Forme à son gré les droits qu'en nous il réünit,
Et malgré nous nous pousse aux crimes qu'il punit ?
J'ai servi tes desseins : ta justice qui brille
Reprend pour m'en punir des traits dans ma famille;
Et tournant contre moi tous les coups de ma main,
Contre un barbare époux arme un fils inhumain.

SALOME.

Quoi vous croyez, Seigneur, qu'une douleur sincere
Poursuive dans ces lieux le trépas de sa mere?
Cette feinte douleur n'est qu'un prétexte vain,
Qui leur met contre vous les armes à la main.
La nature bizarre en sa propre querelle
L'armeroit contre vous, en l'animant pour elle?
De l'intérêt du sang il pourroit s'occuper?
Non, non l'éclat du Trône a pû seul le fraper;
L'ambition l'irrite, & non point la tendresse :
Mais vous ne sçavez pas le péril qui vous presse.

HÉRODE.

Quoi donc ? & quel péril ?

SALOME.

Son courroux enflâmé
Laissoit dans sa retraite un parti tout formé.
J'ignore le secret d'une telle entreprise :
Mais d'un trop juste effroi vous me voyez éprise.
Des Princes de Juda ministre impérieux,
Thirron, Seigneur, Thirron a paru dans ces lieux.
Vous sçavez pour ce fils le zele qui l'anime.

HERODE.

Ciel ! que me dites-vous ? Thirron est dans Solime !
Lui qui d'un long exil s'est imposé la loi ?
Quoi toûjours sa vertu s'armera contre moi ?

SALOME.

De quel nom nommez-vous cette persévérance,
A prendre contre vous une injuste deffense ?
De qui cherche à nourrir une fatale erreur,
La constance est revolte, & le zele est fureur.
Dans les flots englouti, le jeune Aristobule
Par lui vit soûlever un peuple trop crédule,
Qui sans l'appui d'Antoine alloit vous renverser
D'un Trône où mille exploits venoient de vous placer,
Bientôt pour protéger le sang de Mariamne,
Suivi dans ce Palais d'une foule prophane...

HERODE.

Hé bien, Madame, allons ; ménageons les momens,
Vous-même de Thirron suivez les mouvemens.
D'un fils qui me trahit la perte est toute prête :
Le Conseil assemblé me répond de sa tête ;
C'en est fait, pour l'ingrat il n'est plus de rétour :
J'ai senti dans mon sein expirer mon amour.
Et toi, qui dans ton sein élevas son enfance,
Rome, en vain tu voudrois embrasser sa défense.
Je vais te prévenir. En de tels intérêts
Il faut exécuter ; on délibere après.
Roi, pere, maître enfin, n'en ai-je qu'un vain titre ?
Rome de ses destins ne fut que trop l'arbitre.
Ah ! que sur Silléüs tombe à son gré son choix,
Ton salut te devient le premier de tes droits.

Et qui sçait pour ce fils si la faveur ouverte.
Ne va point préparer sa puissance & ma perte?
Tout vers son châtiment me porte avec ardeur,
Et j'ai d'Archélaüs mandé l'ambassadeur.
Loin d'accomplir ici cette union qu'il presse,
Je vais entre ses mains remettre la Princesse :
Mais prêt à l'éloigner de ce fatal séjour,
Je puis me soulager, & reveler au jour
Un feu qui me consume, & que mon cœur con-
    damne.
Oüi, je sens que je l'aime. Entr'elle & Mariamne
Partagé tour à tour, ou plûtôt déchiré,
Brûlé de nouveaux feux, de douleur penetré,
Agité de remords, de desirs & de crainte,
Je souffre sans espoir, & j'aime avec contrainte,
N'irritons point du Ciel l'implacable rigueur ;
Si je voi Glaphira, je crains tout de mon cœur.
Sans doute l'on diroit qu'une main vengeresse
Assassine le fils pour ravir la maîtresse.
Peut-être l'univers l'attend avec effroi,
Et le crime du moins en est digne de moi.
Déja j'ai soûlevé les nations entieres. . . .

SCENE VI.

HERODE, SALOME, ACHAS.

ACHAS.

Seigneur, je viens sçavoir vos volontez dernieres ;
Le Conseil les attend, tout prêt à prononcer.
HERODE.
Et croit-il que mon cœur puisse encor balancer ?
Et que délibérant où le crime décide,
Ma pitié dangereuse épargne un parricide ?
Non, non, ses attentats ne font que trop certains.

Le Conseil a reçu mes ordres souverains ;
Contre ce fils ingrat c'est à lui de les suivre :
A ses arrêts sanglans ma justice le livre ;
Et j'en attens ici ce qu'exige à la fois
La raison, la nature, & le Trône & les Loix.
Vous, Madame, suivez le soin qui vous inspire ;
Un moment seul ici souffrez que je respire.

SCENE VII.

HERODE seul.

MEs soins pour t'appaiser ont été superflus,
Fils ingrat ! Mais bientôt je ne te craindrai
plus.
Mais tout à coup en moi quel mouvement s'éleve ?
Quel trouble me saisit ? Pere cruel acheve ;
Laisse agir le Conseil. Après ce que tu fis,
Il ne te manquoit plus que d'immoler ton fils.
Contre toi des Enfers arme encor la colere :
Joins son ombre sanglante aux manes de sa mere.
Et des Rois ses ayeux déchirez & meurtris,
Dans la nuit du tombeau réveille encore les cris.
Mais cependant pour lui quelle pitié m'abuse ?
Et forme un sentiment que l'ingrat me refuse ?
J'ai détourné son bras tout prêt à le venger :
Dans le sang de son pere il alloit le plonger.
Arrête. Que dis-tu ? sa fureur te condamne !
Ton crime a fait le sien : bourreau de Mariamne !
N'impute qu'à toi seul son courroux obstiné.
Que dis-je ? en plein Sénat par toi-même traîné,
Victime de l'envie & de ton injustice,
Tes cris ont demandé sa perte, & son suplice !
Rome fremit encor de tant de cruautez :
Et même sans égard à la foi des traitez,
Tu suspens un hymen que son amour espere.

A ces traits a-t-il dû reconnoître son pere ?
Qu'attendois-tu d'un fils accablé sous tes coups ?
Il mourra cependant. Instruit de ton courroux
Le Conseil contre lui va suivre ses maximes ;
Et mêmes au besoin lui trouveroit des crimes.
Malheureux ! qu'attens-tu de l'équité des loix ?
Regnent-elles toûjours dans le conseil des Rois ?
Leur sentiment ouvert & le regle & l'entraîne :
Nôtre volonté seule est la Loi souveraine :
Victimes d'un pouvoir qui peut tout asservir ;
On veut nous satisfaire, & non pas nous servir.
Non, tu ne mourras point : j'en jure par ce trouble,
Qu'en mon cœur éperdu chaque moment rédouble :
La nature, entre nous divisée aujourd'hui,
Exige plus de moi qu'elle n'a fait de lui.
Et vous moyens cruels, bien plus que légitimes,
Appuis de la fortune, & source des grands crimes,
Qui donnez aux forfaits le dehors des vertus,
Dures raisons d'Etat, je ne vous connois plus.
Mais on vient : c'est Achas.

SCENE VIII.

HERODE, ACHAS.

HERODE.

Que venez-vous m'apprendre ?
Parlez Achas, quel est le destin d'Alexandre ?

ACHAS.

Seigneur, dans le Conseil en tumulte assemblé,
Alexandre introduit, sans paroître troublé,
Plus fier même d'un sang que le reproche offense,
D'abord a dédaigné le soin de sa deffense,
Traité nos Jugemens de crimes, d'attentats,

Irrité

Irrité la Fortune, & bravé le trépas :
Il plaignoit seulement le sort de la Princesse.

HERODE

Je le vois. Son orgüeil d'accompagne sans cesse :
Mais qu'a-t-on resolu ?

ACHAS

      Quelque temps incertain,
Le Conseil agité balance son destin.
Aprés un long amas de raisons ordinaires,
De propos contestez, de maximes contraires,
Soit que d'ailleurs, Seigneur, de legitimes droits
Des Jugemens humains sauvent le sang des Rois,
Que le Ciel soumet seul à sa Loi souveraine,
Soit que present encor le meurtre de la Reine,
Source de tant de pleurs, suivi de tant de cris,
Dans le respect alors tienne tous les esprits,
Soit qu'enfin de nos Rois on respecte la cendre,
Tout le Conseil conclut au pardon d'Alexandre.

HERODE

Ainsi donc le Conseil pour lui s'interessant,
Dans son crime surpris le retrouve innocent ?
Je l'avoüe, étonné de ce commun suffrage,
J'ai cru que son salut deviendroit mon ouvrage.

ACHAS,

Chacun de nous, Seigneur, quelqu'ordre rigou-
   reux
Qui lui semblât proscrire un Prince malheureux,
A cru voir dans le Roi la clémence d'un pere.

HERODE.

Non, non, j'ouvre les yeux, & la raison m'éclaire.
Mon cœur pour un ingrat trop prompt à se trou-
   bler,
Par avance pour lui ne devoit point trembler.
J'ignorois pour ce fils l'ardeur de vôtre zele.
Je ne sçai quel penchant favorise un rebelle.
Devois-je me flater de pouvoir plus sur eux,
Qu'un fils, dont l'esperance entraîne tous les vœux,
Que Rome favorise, & que chacun oppose

E

A ces triftes retours où l'âge nous expofe?
C'eft peu qu'en fa faveur on viole la loi...

ACHAS.

Quoi, Seigneur, vous croyez?...

HERODE.

Perfide, je le voi,
En le juftifiant, c'eft moi que l'on condamne;
C'eft mon fang qu'on immole au fils de Mariamne,
D'un projet criminel complices en effet,
Ingrats, vôtre faveur prepara fon forfait.

ACHAS.

Hé vouliez-vous, Seigneur, qu'un Arrêt fangui-
naire?...

HERODE.

Je fçai de vos pareils la conduite ordinaire.
D'une infidelle Cour les vœux intereffez
Entre Hérode & fon fils ne font plus balancez:
Et fatiguez d'un Roi, dont les deftins s'achevent,
Vers cet aftre naiffant tous vos regards s'élevent:
Indociles au joug qui vous tient abattus,
Vôtre malignité lui prête des vertus:
Une gloire trop grande a laffé vôtre hommage,
Et de la tyrannie elle a pour vous l'image:
Chacun forme à fon gré fon fort dans l'avenir,
Et fous un nouveau regne on croit tout obtenir.
Efpérances fans borne, & toûjours indifcretes!
Eh! ne fçavez-vous pas, aveugles que vous êtes,
Qu'un Prince fur le Trône attendu, fouhaité,
N'eft plus en y montant tel qu'il avoit été?
Que le Trône a fes mœurs? qu'en vain chacun ef-
père?
Qu'en nous l'ingratitude eft fouvent neceffaire?
Que de raifons d'Etat formant toutes nos Loix,
Les crimes des fujets font des vertus aux Rois?
Combien, contre mon gré, pour calmer des tem-
pêtes,
Ai-je verfé de fang, & fait voler des têtes?
Solime à peine encor commence à refpirer.

Mais jusqu'où mon orgüeil se va-t-il égarer ?
C'est à moi seul enfin de me rendre justice.
Je vais d'un fils ingrat ordonner le supplice,
Eteindre dans son sang l'espoir qui l'a flaté,
Mettre aux dépens des siens mes jours en seureté,
De ses amis cruels troubler l'intelligence.
Je sçaurai les connoître ; & ma juste vengeance
Aprés tant de devoirs , & tant de droits trahis ,
Ne se bornera point à la mort de mon fils.

Fin du quatriéme Acte.

ACTE V.

SCENE PREMIERE.

ALEXANDRE seul.

C'En est donc fait : je vais rejoindre Ma-
riamne ;
Au fort qu'elle a fubi mon pere me condamne!
Manes facrez, chere ombre, attachée à mes pas,
Dont les cris m'excitoient à venger fon trépas,
Au lieu de tout le fang que je dois à fa cendre,
Daigne enfin accepter le mien qu'on va répandre.
Ne me reproche plus de honteufes lenteurs.
Il eft vrai, je n'ai pû te vanger : mais je meurs.
Je touche, tu le vois, a l'heure infortunée
Où le Ciel pour jamais tranche ma deftinée.
Mais d'où vient que mon cœur dans ce dernier mo-
ment,
Se trouve plus de calme & de foulagement ?
La crainte de la mort nous trouble & nous accable:
Mais dés lors que l'arrêt en eft irrévocable,
Le cœur n'eft plus frapé de tout ce qu'il a craint;
La vertu fe ranime, ou l'efpoir eft éteint.
Trône, Sceptre, Grandeurs, dont s'irrite l'envie,
Qui faites le tourment & l'éclat de la vie,
Je ne fens plus fur moi ce que vous avez pû ;
Le voile fe déchire, & le charme eft rompu :
Je ne voi plus de vous que l'affreux précipice
Qu'a caufé fons mes pas la plus noire injuftice,
Dans cet état funefte où la rigueur du fort

Ne laisse plus d'espace entre nous & la mort;
Ou prête à s'affranchir d'une indigne matiere,
L'ame agit toute seule, & regne toute entiere.
Sous des traits différens je commence à vous voir,
Vains & brillans objets, dont je n'eus que l'espoir.
Mais lorsque contre moi je puis voir sans murmure
Dans ses droits les plus saints outrager la nature,
Que d'un supplice infâme & l'horreur & l'effroi,
Au lieu de m'accabler, ne regnent plus sur moi,
Je tiens encore à vous, Princesse que j'adore!
Aimable Glaphira, vous m'occupez encore!
Je brûle, avant ma mort, de vous entretenir!
Sçachez ce que j'ai fait pour pouvoir l'obtenir.
J'ai demandé Salome, & par son entremise
Vôtre vûë en ces lieux pourra m'être permise,
Je n'ai pû recóurir qu'à ce dernier effort:
C'est le bien que j'attens pour tout fruit de ma mort,
Oüi je vais l'obtenir, je m'en fie à sa rage:
Elle croira par là m'accabler davantage;
Et qu'à mes yeux encore offrant ce que je perds,
Elle mettra le comble aux maux que j'ai soufferts.
Mais on vient.

SCENE II.

ALEXANDRE, SALOME.

ALEXANDRE.

IL est temps de finir vôtre haine,
Madame, mon trépas, le meurtre de la Reine,
Thirron même sans doute expiré sous vos coups,
Ne laissent plus d'objets à vôtre fier courroux.
Mais dans l'affreux moment qui finit ma carriere,
Si je puis obtenir une grace derniere,

Tous mes reſſentimens par là ſont effacez;
Et recouïr à vous, c'eſt vous la dire aſſez.

SALOME.

Prince, tout ce diſcours a lieu de me ſurprendre;
De mes ſoins cependant vous pouvez tout attendre:
Mais que puis-je pour vous ?

ALEXANDRE.

                 L'état où je me voi
M'apprend trop que vos ſoins peuvent tout ſur le Roi.
Daignez m'en accorder le ſecours favorable;
Vous le devez aux vœux d'un Prince déplorable.
Euſſai-je merité tous les maux que je ſens,
Le ſupplice nous lave, & nous rend innocens.
Tout vous porte à remplir le deſir qui me preſſe;
Vous ſçavez quelle ardeur m'attache à la Princeſſe.
Ne puis-je ? . . . .

SALOME.

         Ignorez-vous quel eſt vôtre pouvoir,
Prince ? Vous êtes libre, & vous pouvez la voir:
Dans vos juſtes deſirs rien ne peut vous contraindre;
Et du courroux du Roi vous n'avez plus à craindre:
Les ſoins de la Princeſſe ont calmé ſon tranſport,
Un moment a changé l'horreur de vôtre ſort;
Ce que n'ont pû les cris de toute la Judée,
Vôtre grace, Seigneur, lui vient d'être accordée.

ALEXANDRE.

Quoi du courroux d'Hérode elle arrête le cours ?
Et je dois à ſes ſoins le ſalut de mes jours ?

SALOME.

Je l'ai vûë à ſes pieds, Seigneur, j'ai vû ſes larmes,
Relevant le pouvoir & l'éclat de ſes charmes,
Attendrir vôtre pere, ou plûtôt de ſon cœur
Déſarmer tout à coup l'inflexible rigueur;
Confondre en ſes tranſports une haine éclatante.
Ce ſuccés ne doit point étonner vôtre attente:
Une grace nouvelle animoit ſes diſcours,
Et n'avoit point de l'art dédaigné les ſecours.
Pour vous tout conſpiroit, ſoit gloire, ſoit tendreſſe;

TRAGEDIE.

Soit qu'un nouvel espoir en secret l'intéresse,
L'aimable Glaphira jamais jusqu'à ce jour
N'a montré tant d'attraits, ni le Roi plus d'amour.
Sans doute le salut d'une tête si chere
Dépendoit...

ALEXANDRE
Et dit-on quel en est le salaire ?

SALOME.
Et qu'importe, Seigneur, dans cette extrémité,
A quel prix vôtre sang puisse être racheté ?
Vivez, & soûtenant l'honneur de vôtre race...

ALEXANDRE.
Non, je n'acepte point cette funeste grace :
Trop instruit des fureurs dont Hérode est épris,
De mes jours rachetez je reconnois le prix.
Plus cruelle que lui vous avez pû prétendre,
Glaphira...

SALOME.
Le Roi vient ; il pourra vous entendre.
Dans un tel entretien je vous laisse tous deux :
Craignez, en lui parlant, d'en irriter les feux.

SCENE III.

HERODE, ALEXANDRE.

HERODE.
OUi, vôtre sort, ingrat, a pris une autre face ;
Vous vivrez, & je viens d'accorder vôtre grace.
Mon cœur, dans son espoir trop prompt à s'abuser,
Aux soins de Glaphira n'a pû la refuser.
De ma facilité j'ignore encor la suite :
Faites si bien du moins, par une autre conduite,
Que je ne puisse point un jour lui reprocher
Le pardon que ses pleurs viennent de m'arracher.

HERODE.

ALEXANDRE.

Ainsi, Seigneur, ses pleurs ont lavé mon injure ?
Ils ont plus fait sur vous que n'a fait la nature ?
Du sang en ma faveur les droits mal écoutez...

HERODE.

Sçavez-vous les efforts que vous m'avez coûtez ?
Je vous pardonne, ingrat. A moi-même contraire,
Mon cœur a fait pour vous plus qu'il ne devoit faire.
Qu'attendiez-vous encor ? Vous vivez, il suffit.

ALEXANDRE.

Ah ! si vôtre bonté jusques-là vous trahit,
Reprenez, j'y consens, une grace funeste,
Et ne me laissez point un bien que je déteste :
La mort m'affranchira d'un trouble trop pressant ;
Souffrez du moins, souffrez que je meure innocent.

HERODE.

Ah ! perfide, est-ce ainsi que ma bonté te touche ?
Ton salut accordé te trouve plus farouche !
Oüi, sous ces vains dépits que tu me laisses voir,
Tu caches de ton cœur l'orgüeilleux désespoir.
C'est la soif de mon sang, cruel, qui te dévore :
Crois-tu qu'en ta faveur on me surprenne encore ?
Que l'on puisse à mes yeux déguiser ta fureur ?
Non, ne t'en flate plus, ingrat....

ALEXANDRE.

Du moins, Seigneur,
Si vous trenchez mes jours, n'offensez point ma
  gloire.
Ne chargez point mon nom d'une indigne memiore.
D'un soin bien different mon cœur est combattu :
Et m'en justifier, c'est soüiller ma vertu.
Je ne vous dis plus rien : suivez vôtre colere :
Condamnez vôtre fils à rejoindre sa mere ;
Ce qu'a lié le sang s'unira par la mort.
Je mourrai plus content de partager son sort,
D'un aveugle transport, comme elle, la victime,
Que de voir, aux dépens d'un amour legitime,
Mes déplorables jours indignement sauvez.

Prêt à bénir la main ....

HERODE.

Ciel ! qu'entens-je ? achevez.

Dans quel trouble ? ...

SCENE IV.

HERODE, ALEXANDRE, ACHAS.

ACHAS.

Le peuple en tumulte s'avance ;
Et de sa part Thirron vous demande audiance.

HERODE.

Thirron !

ALEXANDRE.

Ciel !

ACHAS.

Je ne sçai quel dessein le conduit.

HERODE à *Alexandre.*

De tes fausses vertus, traître, voilà le fruit.
Mais de vos attentats vous-mêmes les victimes.

ALEXANDRE.

Vous allez être instruit, Seigneur, de tous mes crimes.

HERODE.   *Il sort.*

Il vient. Quoi jusqu'ici brave-t-il mon courroux ?
Ciel !

SCENE V.

HERODE, THIRRON, ACHAS.

THIRRON.

JE viens apporter ma tête à tes genoux.

HERODE.

Que pretens-tu, perfide? & que viens-tu me dire?

THIRRON.

Ce que de ton honneur l'interêt seul m'inspire.
Tantôt, pour te parler, je venois dans ces lieux :
Mais Salome bien-tôt m'a soustrait à tes yeux.
Chargé d'indignes fers, la main qui l'a servie,
Sans un puissant secours m'alloit ôter la vie.
Ses complots avec moi, dans l'ombre ensevelis.

HERODE.

Et qui t'a pû sauver ?

THIRRON.

Antipater ton fils.
Instruit de ses desseins, trompé, trahi par elle,
Il a de l'innocence embrassé la querelle.
Tu me connois, Hérode, & ton cœur combattu
Autant qu'il la craignit estima ma vertu.

HERODE.

Je sçai qu'avec Thirron toute feinte est bannie.

THIRRON.

Répons-moi : qu'as-tu fait de ce puissant genie,
A qui le monde entier sembloit même soumis ?
Et que sont devenus tes parens, tes amis ?
Car n'attens pas de moi que mes justes reproches
Puissent compter encor au nombre de tes proches,
Ceux que tu crus cent fois dans leurs crimes passez
Même indignes des jours que tu leur a laissez.

Quoi ! jusqu'au bout Salome, abusant de ton âge,
Remplira ton Palais de meurtres, de carnage !
T'assiegera par tout de dangereux témoins !
Esclave d'autant plus que tu crois l'être moins,
Sur toute ta maison ses fureurs implacables
Pour perdre un innocent ont fait mille coupables.
Dans quel aveuglement tes sens sont retenus ?
Tes crimes les plus grands ne te sont pas connus.
Mille intérêts secrets conduits avec adresse. . ,

HERODE.

Juste Ciel ! est-ce à moi que ce discours s'adres-
se ?
Par quel secret pouvoir demeurai-je interdit ?
T'ai-je assez écouté ?

THIRRON.

       Non, je n'ai pas tout dit :
Ouvre les yeux cruel. Quel espoir te console ?
Tu perds ton fils ; apprens à qui ton bras l'immole,
Et que tes vrais amis du moins te soient connus.
Salome le trahit ; elle sert Silleüs :
L'hymen en est le prix ; & l'interêt le gage ;
Non, que pour Silleüs un fol amour l'engage :
Ce cœur dans son orgüeil par toi-même nourri,
N'eut pour objet qu'un trône & non point un mari,
Elle a séduit Alaph, Phérore, Arbas, Aleime,
Nul ne sçait son secret : tous ont servi son crime,
Sa main, de ta fortune interrompant le cours,
Te ravit l'Arabie au défaut de tes jours ;
Et contre toi, dans Rome achevant ses outrages,
De ton épargne même acheté des suffrages :
Tandis que t'irritant par de cruels avis,
Elle porte tes coups dans le sein de ton fils.
Et quel est contre lui le courroux qui t'anime ?
L'amour fait ses malheurs, & sa suite son crime :
Contre toi prévenu par un avis fatal,
Dans son Roi, dans son pere il fuyoit un rival.
Songe à le rendre aux vœux de toute l'Idumée,
Ou crains que sa fureur, justement allumée,

Ne te demande compte à toi-même aujourd'hui
Du sang de tant de Rois qui revivent en lui.
Autour de ce Palais ses cris se font entendre.
Voila ce que mon cœur me pressoit de t'apprendre.
Tu peux punir l'audace où j'ose recourir :
Mais qui brave un Tyran ne craint point de mourir.

SCENE VI.

HERODE, ACHAS.

HERODE.

Quel est, fiere vertu, ton pouvoir redoutable ?
Quoi ! même en outrageant, tu te rends res-
    pectable !
Mais que viens-je d'entendre ? ô Ciel ! & quels avis ?
Gardes, que l'on m'amene & Salome & mon fils.
    Achas sort.
Ah ! de quel mouvement mon ame combattuë
Semble-t-elle appuyer un soupçon qui me tuë ?

SCENE VII.

HERODE, GLAPHIRA, PHENICE.

NARBAL.

Qu'ai-je donc vû, Seigneur ? & quel ressenti-
    ment
A produit tout à coup un affreux changement ?
Déja tout bénisso t la bonté paternelle :
Cependant, entouré d'une troupe cruelle,

             Ale

Aléxandre en ces lieux....

HERODE.

Hé quoi, n'ai-je donc pas
Révoqué devant vous l'arrêt de son trépas?

NARBAL.

Quelle fatalité vous dérobe à vous-même
De ses persécuteurs le cruel stratagème ?
Déja même Philon, sous les coups expiré,
Par le peuple en fureur vient d'être déchiré.
Tout Solime est instruit de ses noirs artifices,
Et peut-être, Seigneur, veut d'autres sacrifices:
La triste Glaphira cede à son désespoir ;
Tous les cœurs à ses cris se laissent émouvoir ;
Et tremblant du péril qui menace Alexandre,
Antipater lui-même armé pour le défendre.

HERODE:

Ah courons le sauver.

SCENE VIII.

HERODE, SALOME.

SALOME.

Arrête: il n'est plus temps,
Ton fils vient d'expirer.

HERODE.

Ciel ! qu'est-ce que j'entens !
Euriclés n'a-t-il pas été dépositaire
D'un ordre qui revoque un Arrêt sanguinaire ?
Par là de mes desseins le Conseil prevenu....

SALOME

L'ordre jusqu'au Conseil n'en est point parvenu :
Euriclés l'a soustrait ; c'est moi qu'il a servie.
Mais enfin Euriclés vient de perdre la vie.

F

Dans ces lieux répandu le peuple avec fureur,
En a fait à mes yeux un spectacle d'horreur.
J'avois sur qui jetter de meurtre d'Alexandre.
Mais non, Salome ici ne veut point s'en deffendre:
Il périt par mes coups, s'il échape à ta Loi;
Et le sang en a dû rejaillir jusqu'à toi.

     HERODE.

Perfide! crois-tu donc éviter ma vengeance?

     SALOME.

Et toi, crois-tu mes jours encore en ta puissance?
Déja j'ai fait couler le poison dans mon sein,
J'ai sçû qu'Antipater trahissoit mon dessein:
Que parmi tant de maux, de troubles domestiques,
Thirron t'a revelé mes complots, mes pratiques:
Par-là j'ai vû tomber mon espoir, ton erreur;
Et sur mes attentats j'ai prevû ta fureur.
Tout un peuple d'ailleurs me poursuit à main forte:
J'ai voulu me soustraire à l'ardeur qui l'emporte.
Que te dirai-je enfin? j'abusai de ta foi.
J'ai tout fait pour régner; je n'ai rien fait pour toi.
J'ai joint le sang des tiens à mille autres victimes:
Par tes maux desormais ose compter mes crimes.
Adieu. De tant d'horreurs si j'ai rempli ton sort,
Je te laisse du moins l'exemple de ma mort.

SCENE DERNIERE.

HERODE, NARBAL, ACHAS.

HERODE.

Elle expire... Mon fils va rejoindre sa mere!
Moi seul je vis encore! ô comble de misere!
O vengeance, où lançant d'inévitables coups,
Le Ciel à son pouvoir mesure son courroux.
Mais que vois je? le jour de ténebres se couvre!
Le ciel s'arme d'éclairs; & la terre s'entr'ouvre!

Dieux ! quels tristes objets ! sous quels affreux lam-
    beaux,
Quelle foule de morts sortent de leurs tombeaux ?
Quelle main vengeresse en ranime la cendre ?
Aristobule, Hircan, Mariamne, Alexandre,
Illustres malheureux que ma rage a proscrits !
Qu'entens-je ! le Ciel gronde, & se mêle à leurs
    cris.
Fuyons de tant d'objets l'épouvantable image :
Mais un fleuve de sang s'oppose à mon passage !
L'horreur regne partout, & dans ce vaste effroi,
La nature perit, ou s'arme contre moi.

NARBAL.

Seigneur.

HERODE.

Narbal c'est toi ! soit pitié, soit colere,
Le Ciel permet encor que la raison m'éclaire.
Mais trop cruelle helas ! que me sert son effort,
Qu'à jetter plus de jour dans l'horreur de mon sort.
O 'toi, peuple infidelle à tes Rois legitimes,
Et qui me couronnant, preparois tant de crimes,
Complice des fureurs dont mon cœur fut épris,
De tes funestes dons je te garde le prix.
Vien peuple ingrat, vien voir tes femmes desolées
Fuyant de toutes parts, pâles, échevelées.
Vois dans leurs bras sanglans tes fils à peine nez,
Tous proscrits par mon ordre au glaive abandon-
    nez.

ACHAS.

Juste Ciel !

HERODE.

Tout à coup ma terreur se redouble.
Ce Palais disparu vient d'augmenter mon trouble.
Où sommes-nous ? mais quoi ! dans le fond de ces
    lieux,
Mon fils sombre & pensif vient s'offrir à mes yeux !
Mariamne le suit, & d'un fer homicide
Elle-même elle en vient d'armer la main perfide.

Non, non cet appareil ne regarde que moi :
N'en doutons point ; prends garde ; ils viennent, je
    les voi.
Quels regards enflamez me lance leur colere ?
Arrête malheureux ! c'est le sang de ton pere :
Il est sacré pour toi ; n'en souille point ton bras,
Et laisse à ma fureur le soin de mon trépas.   5

Fin du cinquième & dernier Acte.

5